胸の突起を、舌で突かれる。それだけじゃない。尖った歯の先で軽く噛まれたり、舌で転がされたりしている。

(本文より抜粋)

DARIA BUNKO

不夜城のダンディズム

ふゆの仁子

illustration※やまねあやの

イラストレーション＊やまねあやの

CONTENTS

不夜城のダンディズム

プロローグ

「なんであんたみたいな奴が、こんな場所にいるんだ？」

佐加井崇宏《さかいたかひろ》を初めて見た瞬間、思わず口にした。

おそらくこの男を見た誰もが、同じことを考えるだろう。オレ、奥山瑞樹《おくやまみずき》も、他の例に漏《も》れなかった。そのぐらい、この場に不似合いな男だったのだ。

ところは、新宿歌舞伎町のホストクラブ。外観は派手なネオンで彩られ、内装はどれだけ豪《ごう》奢《しゃ》に見せかけ、柱にはギリシャの女神たちが彫刻され、床は真紅の絨毯《じゅうたん》、天井からは派手なシャンデリアがぶら下がっていようとも、すべてイミテーションにすぎない。

メッキをはがせば単なるハリボテだ。つまり、空っぽ。

そこで働くホストも同じだ。身に着けた背広の大半は、吊《つる》しの安物。口から出る台詞《せりふ》はすべて嘘。でも、佐加井だけは違っていた。

素人《しろうと》目にもわかる上質のスーツに、高価な貴金属を身に着けている。それらを派手に見せず完璧に自分のものにしているのは、言葉遣いや些細《ささい》な仕種《しぐさ》ゆえだろう。

さらりと落ちてくる前髪をかき上げる仕種、立ち居振る舞い。何もかもが、完璧と思わされる。行儀作法のなんたるかを知らない人間が見ても一目瞭然なのだ。

そして何より彼を完璧たらしめているのは、その容姿だった。

モデルさえ羨《うら》やむだろう一九〇センチに僅《わず》かに欠ける長身に、完璧なる八頭身、もしかしたら九頭身あるのかもしれないと思うほど、すらりとしている。

手足は長く、服にできる皺《しわ》から、均整の取れた体は想像できた。

極めつけは、顔だ。

最高の彫刻家に作られたダビデのように高い鼻梁《びりょう》を中心に、左右対称の位置に二重でありながら涼しげで切れ長の目があり、眉は綺麗に手入れされている。口は若干《じゃっかん》大きめではあるが、口角《こうかく》が微妙に上がり、笑みを湛《たた》えているように思える。その艶めいた唇の紡《つむ》ぐロマンティックな言葉は、嘘ではあっても嘘ではない。愛の言葉を紡がれる女たちは、一瞬の夢に浸《ひた》る。ほんの些細な違いで、嘘は夢へと変化する。

唇は少し肉厚で、色はほんのり紅色——そうして出来上がる貌《かお》の造作《ぞうさく》は、完璧であるが故に、微妙にバランスを崩しているように思えるから不思議だ。

とにかく、不夜城である新宿歌舞伎町で、眩《まぶ》しいほどに輝いている存在は、オレの疑問に答えるべく、甘いテノールの声で歌うように応じた。

「ホストですから」——と。ホストであるがゆえ『ダンディズム』を体現している。

たっぷり含みを持たせたその言葉は、イミテーションの中で、たったひとつの真実に思えた。

1

「――山くん、奥山くん」

自分の名前を呼ぶ声で、はっとオレは我に返る。テーブルを挟《はさ》んだ真正面には、その佐加井の端整な顔がある。微かに眉を顰《ひそ》めた彼は、小さなため息をついた。

「やる気がないなら、教えるの、やめますけれど?」

「ご、ごめん。やる気あります。バリバリあるっす」

「バリバリなんていう形容詞はありませんし、あるっすなんて言い方はしません」

慌《あわ》てたオレの言葉を真顔でばっさり訂正するのは、歌舞伎町の老舗ホストクラブ『クラブシックス』のナンバーワンホスト、佐加井だ。

形のいい眉を僅かに顰め、少しだけ苛々《いらいら》した様子でカッシーナのソファに体を預け煙草を吸う姿ですら、堂に入っている。

爪の先まで手入れされた長い指の間に挟まった煙草までもが、高級そうに見えてくる。でも実際はオレの吸う煙草と同じで、普通に自動販売機で売っているマイルドセブンだ。

逆に言えば、茶髪のいかにもヤンキー然としているオレみたいな男が吸っていると、高い煙草でも安く見えてしまう。

「――何か言いたそうですね？」

棘《とげ》のある言葉が投げかけられる。

「何も言いたいことなんて、ねえよ」

八つ当たりだとわかっていても、ついつっけんどんに返してしまう。

「ねえ？」

ぎろりと睨《にら》まれる。

「あ、いや、ないです。はい」

ヤブヘビだ。これ以上ボロを出さないためには、黙っている方がいい。そんな様子に、佐加井はあからさまに大きなため息を漏らす。

「やる気がないのなら、それでも構いません。こと貴方《あなた》の場合、無理に丁寧語にする必要はないと思いますしね？」

前髪をゆっくりかき上げ、上目遣いでオレの顔を窺《うかが》ってくる。佐加井は本気で怒っている。その視線の怖いことと言ったらこの上ない。

「ごめん。マジで怒った？　オレ、これから本気でやるし。あ、いや、本気でやりますから、教えてください。お願いします」

オレは顔の前で両手を合わせる。

そして、改まってまじまじと佐加井の顔を眺《なが》める。整った貌で怒られると、余計に凄《すご》みが増す。だがその顔が、やがて和《やわ》らいでいく。

「——少し、休憩しましょうか」

「まだ平気です。オレ、ホントに今度はホンキで聞くし」

思わぬ言葉に、オレは慌てた。ここで佐加井に放り投げられたら、どうしたらいいのかわからなくなってしまう。

「貴方が本気なのはわかりましたよ」

佐加井は苦笑を漏らす。

「ただ、一度に詰め込んでもいいことはありませんから、少し頭を切り換えましょう。店ではほとんど食べていないいんじゃないですか？　もしよければ、何か作りますよ」

「料理、作れんの？」

「意外ですか？」

「思いっきり」

オレは素直に頷《うなず》いた。

そんなオレの表情をよそに、佐加井はさっさと立ち上がると、無造作に十万単位の値がつく上着を椅子の背に掛け、ネクタイの結び目を緩《ゆる》めながらキッチンへ向かう。

ソファから飛び降り、その後を追いかける。

冷蔵庫の野菜室を覗《のぞ》きながら、オレの表情を確認してくる。

いい男だ。本当にケチのつけようがない。

「だって、この家に居候《いそうろう》してから一か月になるけど、佐加井さんが台所に立ってるの、見たことない」

世の主婦が羨みそうな広いキッチンだが、ほとんど使われた形跡がない。シンクのステンレスは光り輝き、指紋ひとつついていない。食器洗浄機も、ＩＨクッキングヒーターも、あらゆる最新家電が揃っているのに、勿体《もったい》ないと思っていた。

とはいえ、ホストクラブの営業時間は、原則的に午後七時から朝の六時まで。前後にアフターや同伴といった客とのプライベートの時間を合わせると、家で食事をする時間など、はっきりいってろくにない。

だからしょうがないといえば、しょうがないんだろうと思っていた。

「できると言っても、普通の家庭料理ぐらいです。高校生の頃に、和洋中のシェフに、一通り料理を習ったことがあるだけですから」

「高校んときに？」

「——習いませんでしたか？」

「普通は、習わねえよ」

料理科のある学校でもなければ、せいぜい家庭科の授業で、簡単な料理を習う程度だ。習ったところで、ろくに覚えていないのが常《つね》だろう。ちなみにオレは自慢じゃないが、ご飯さえ炊《た》けない。

「そういうものですか」

さほど気にした様子もなく、冷蔵庫から取り出した食材を調理していく。包丁の使い方も、テレビで観るシェフ並だ。思わずその動きに見入ってしまう。

そして佐加井は見事に料理を二品、作り上げていた。手品でも観ている気分だった。

「料理を運んだら、ワイングラスを二つ、それとワインセラーの中から、適当なワインを出しておいてください」

佐加井の指示で、とりあえずマホガニー製の豪華なサイドボードからワイングラスを二つ用意すると、キッチンに戻ってワインセラーの前に立つ。三十本程度が収納できるその中には、万単位のワインが何本も入っている。どれが「適当」なのかは、全く見当がつかない。

「一番の左端にある白ワインでいいですよ」

悩んでいるのがわかったのだろう。フランスパンを切り終えた佐加井が苦笑を漏らしながら、オレの背後を通っていった。

その際、微かな残り香《が》が鼻を掠《かす》めていく。こんな残り香ですら思わせぶりで、とことん様《さま》になる。

佐加井という男は、容姿だけではなく、知識も半端《はんぱ》ではない。遊びで店に訪れた経済学者相手に、対等に語り合ったこともある。かと思えばワイドショーの芸能人ネタも熟知している。

仕種はあくまで上品で優雅。徹底的なレディファーストで、フェミニスト。でも、甘やかすわけではない。誰に対しても変わらない態度が、年若い女子大生から、年配の男性の社長まで、幅広い顧客を持つ。

これまで、外見で人となりを判断されることにずっと反発してきた。

だが、佐加井に会って、その考えを否定せざるをえなくなった。

外見と言っても、単なるルックスだけではない。内側から滲《にじ》み出る何かが、その人間の人となりを作り出している。オレの言う「外見」とは、明らかに異なる。

「見てるだけではなく、どうぞお召し上がりください」

皿の上にあるのは、カナッペとカルパッチョだ。それも、カナッペの上にはキャビアが、カルパッチョにもかなりいい魚が使われている。

そして用意されるのは極上のワインだ。

名前や産地の書かれたエチケットを隠すように慣れた手つきで栓を抜くと、オレの前のグラスに注ぎ入れる。すぐに伸ばした手を、佐加井は邪魔してくる。

折り曲げられた袖口《そでぐち》から覗く時計はフランクミューラーの限定品。頭のてっぺんから足の先まで、身に着けている物の合計金額は、おそらくオレが卒倒《そっとう》するぐらいのものだろう。

それを当たり前に普通に着こなす男は、思わせぶりににっこり笑う。

「せっかくですから、テイスティングのレッスンをしましょうか」

「えー。さっき休憩しようって言ったの、あんたじゃねえかよ」

「あんた？」

満面の笑みを浮かべているのにひどく怖く感じるのは、目が笑っていないせいだ。

すぐにオレは肩を竦める。

「――訂正します。佐加井さんが、休憩にしようと言ったじゃないですか」

使い慣れない言葉を使っていると、舌が捩《ねじ》れそうだ。

「すぐに終わりますよ。奥山くんが、一発でワインの銘柄《めいがら》を当てさえすれば」

さらににこにこ笑いながら、ワインを飲むように促《うなが》してくる。上目遣いにそんな佐加井の顔を見つめながら、渋々グラスを手に取った。

くるくるグラスを回し、より香りが立つようにする。

「最初にフルーツの香りが……甘いかな。あと、ミネラル分が強い気がする」

ちらりと佐加井の顔を確認するが、まるで無表情だ。

茶色味がかった髪は、前髪を若干長く伸ばし、後は適度に短くカットされている。触れると柔らかそうな髪を保つため、最低でも週に一度は美容院に通っているという。

そんな男の視線に晒《さら》されながら、ワインを軽く口に含んで、さらに空気を吸って香りを鼻に抜く。教わったように、舌の先と全体で最後の残り香までゆっくり味わう――ワインのテイスティングのやり方を、どことなくいやらしいと思うのは、オレだけだろうか？

「シャルドネ、だと思うけど……オレの知ってる味とはちょっと違う、か、な？」

最後の方、自信のなさゆえに、声が自然と小さくなってしまう。それを聞いていた佐加井は、ふっと笑みを浮かべる。

「ま、そのぐらいわかれば十分でしょう」

「マジ、合ってる？」

思わず身を乗り出して確認してしまう。

「どうせなら、ムルソーまで当ててもらいたいところでしたけれどね」

佐加井の手から、ワインのボトルを奪い取る。

『ムルソー・レ・ティエ』の二〇〇一年。

「こんなワイン、飲んだことねえし。品種だけでも当てれば十分じゃん……じゃなくて、十分じゃないですか」

「確かに――その通りですね。でも、わかる方法もあるんですよ。舌の中ぐらいを使って味わうんです。こうやって」

佐加井は実際自分でテイスティングしてみせる。

「って言われても、よくわかんねえなあ……」

「そうですか？　舌の中ぐらいです」

「え？　え？」

まじまじ覗き込むオレの様子に、佐加井は肩を竦める。

「しょうがありませんね」

そう言うと、おもむろにオレの顎《あご》をくいと指で上向きにして、半開きのそこに自分の唇を重ねてくる。

「――っ」

一瞬、何が起きたかわからないオレの舌に、佐加井の舌が伸びてくる。舌の中央部分を突く仕種にオレははっとする。

「――っ」

注ぎ込まれるワインを、ゴクリと飲み干す。

「わかりましたか?」

涼しげな表情に、オレはただ目を見開くことしかできない。

「今の部分で上手《うま》く転がすと、味がよりわかるようになります」

何をどうしたらいいのかわからないオレに、佐加井は憎らしいほど悠然《ゆうぜん》とした態度を見せる。

佐加井にしてみれば、ただ単にオレにテイスティングの方法を教えただけ。

キスなんかじゃない。意識しているのがばからしくて、オレは手で無造作に唇を拭《ぬぐ》う。

「わかったよ」

「では、お召し上がりください。食事の間ぐらい、好きなように喋《しゃべ》っていて結構ですよ」

「やった。そうこなくちゃ」

開き直った言葉に佐加井のＯＫがやっと出る。

大層な名前のついたワインをぐっと飲み、皿に盛られた料理に手を伸ばす。だがその手を阻《はば》み、佐加井はカナッペをひとつ手にする。そして自分の口ではなく、オレの口の前に運んでくる。

食べろということなのか。ちらりと横目で様子を窺う。

「どうぞ」

促されて恐る恐る口を開けると、その口にカナッペが運ばれる。細く綺麗な指が唇に触れるその感覚が、ぞわっと背筋に伝わる。

ただ、食べさせてもらっているだけだ。それなのに、それだけのことが恥ずかしくてしょうがない。クラッカーに舌を伸ばす。そろそろと唇を閉じていくのと同時に、佐加井が指を外す。時間にして一瞬の作業が、途方もなく長く感じられる。

やっと、歯を立てると、サクッと音がした。

「どうですか？」

「グルメじゃないから、上手く言えないけど、サクっとしたクラッカーの歯ごたえと、野菜や魚のちょうどいい塩加減が、すっげえワインに合う」

「良かったです」

不安そうな表情が消え、柔らかい笑みを浮かべる。店で見るのとは明らかに異なる自然な表情に、オレの心臓がドキンと音を立てる。こんなことでいちいち反応したら駄目だ。相手はナンバーワンホストなのだから。昼にいきそうな視線を逸《そ》らし、オレは顔を横に向ける。

「足《た》らないようでしたら、もう少し作りますが？」

「遠慮なく、もう少し食べてもいいっすか？」

「もちろん」

そして佐加井は再びキッチンへ向かう。カウンター越しに佐加井の顔を眺めながら、オレは改めて今の自分のことを考える。

オレが新宿歌舞伎町にある『クラブシックス』というホストクラブに入ったのは、一か月前に遡《さかのぼ》る。ホストになったのは、金を稼《かせ》ぐためだ。

佐加井はそのクラブで、月三百万は稼ぐナンバーワンホストだ。

そんな佐加井に、なぜオレは言葉遣いを指導され、ワインのテイスティングのレッスンをされている上に、さらに料理を作ってもらっているか。

話は簡単。佐加井の住むだだっ広いマンションに、ホスト修業のために居候をしている。

決めたのは、クラブのオーナーだ。当初、佐加井はかなり不本意そうだったが、不承不承《ふしょうぶしょう》ではあるものの、承諾《しょうだく》したようだった。

以来、挨拶の仕方、グラスの持ち方、それから、話し方を、店だけでなく家でも、佐加井に徹底的に指導されている。箸《はし》の持ち方までも矯正《きょうせい》されて、しばらくは右手の中指と薬指の間が、つってる感じがしたものだ。

入店して一か月が過ぎて、ようやく特訓の成果が出てきたように思う。

「そろそろ店には慣れてきましたか?」

一通り皿にあった物を食べきったタイミングで、佐加井は声を掛けてくる。

「まあまあってとこかな」

ワインもあと、四分の一ぐらいしか残っていないが、酔いは回ってこない。

「とりあえず、ミスは三日に一回ぐらいに減ったし」

「指名客もできたし?」

「佐加井大先生のおかげです」

含みのある言葉に、グラスをテーブルに戻し、オレは両手を絨毯について頭を下げる。

「佐加井さんが、辛抱《しんぼう》強く色々と教えてくれたからっすよ」

「よく言いますね」

佐加井は喉の奥で笑いを嚙《か》み殺しながら、煙草に火を点《つ》ける。細い煙が微かに揺れながら、天井に上っていく。

「オレは本気でそう思ってるっすよ。佐加井さんに色々教わってなければ、入店早々、店を辞めていたんじゃねえかなあ」

　正直なところ、ホストという仕事を思い切り嘗《な》めていた。女にちやほやされて、酒を飲んで金がもらえる。なんて楽で、なんて贅沢《ぜいたく》な仕事だろうかと高《たか》を括《くく》っていた。

　自慢ではないが、これまでも女にはもてた。中学のときに童貞を捨ててからというもの、女が切れたことはない。そんなオレにホストは天職だと思っていた。

　だがこの一か月、佐加井の女に対する態度を見ていて、その考えを一気に改めた。改めざるを得なかった。ホストは結局はサービス業で、ちやほやされるのはホストではなく、客なのだ。顔がいいだけでは、すぐに飽きられる。気が利いて、人の話が聞けて、優しい人間がもてる。

　その上佐加井はさりげない言葉と仕種で、一緒にいる女に夢を見せる。

　そして女たちは、佐加井に夢中になる。佐加井の見せる夢のために、女たちは金を使う。その気持ちが、今ならわかる。

「礼を言うのなら、オーナーにしてください。ナンバーワンである私を貴方の教育係に任命したのは、他ならぬオーナーですから」

　呆れたように、佐加井はふうと煙を吐き出す。

「それが不思議なんだよな。オレ、頭悪いからよくわかんねえんだけど、ナンバーワンってもんは、普通は新人の教育係になんてなんないもんなんだろう？　それなのにオレはあんたにこうして教わってる。ってことは要するに、オレがあまりにひどかったから、あんたにしか手に負《お》えないって思われたのかな。それとも……」

「そんなことを思っていたんですか?」

不意に佐加井は大声を上げて笑い出す。

「何、笑ってんだよ。オレ、マジで言ってるのに」

「すみません。見かけによらず、殊勝《しゅしょう》なことを考えていたんだと思いましてね」

「見かけによらず、ってどういうことだ」

佐加井の言葉にむっとする。

「初対面のとき、人のことを睨んできたのは、他でもない貴方でしょう?」

佐加井の指摘に、ぐっと息を呑む。

「色白に陽に透けると金色に見える髪。茶色味がかった大きな瞳。身長はそこそこで、手足も長い。儚《はかな》げな印象の割りに目いっぱい虚勢《きょせい》を張って、口から出てきたのは、『なんであんたみたいな奴が、こんな場所にいるんだ?』ですからね。驚きましたよ」

「しょうがねえじゃんか。マジで、なんであんたみたいな男がホストクラブにいるのか、不思議だったんだからさ」

つい開き直ってしまう。今もあのときのことは鮮明に思い出すことができる。オレにとってはそのぐらい衝撃的な出会いだった。佐加井当人には、言っていないが。

「で、なんでオーナーがわざわざ『ナンバーワン』の佐加井さんを、オレの教育係に任命したわけ?」

「将来、ナンバーワンになってもらうため」

同じ問いに対し予想もつかなかった言葉に、噎《む》せ返りそうになった。

「そん、な、冗談言うの、やめてくれよ」

オレは笑いながら、煙草の灰を落とす。

「冗談ではありません」

佐加井は真顔で答える。

「でも、オレはあんたみたいに品もよくねえし、頭も悪い。口調だってこんなだ。客相手に愛想もできねえし、ミスばっかりしてるのに。それに、何しろ、店に入って一か月だ」

「私は二か月目に、ナンバーワンになりました」

「だから、オレとあんたは違うし……」

「違うからこそ、いいんですよ」

佐加井はまだ長い煙草の先端を、灰皿にぎゅっと押しつける。そして、じっとオレの顔を睨みつけてくる。真近にある端整な顔に、落ち着かない気持ちにさせられる。

「なぜ私が貴方に、言葉遣いや行儀作法を教えているかわかりますか？」

「――ホストとして、必要だから」

さんざん言葉遣いやマナーの悪さは指摘されてきた。

「もちろんそうですが、知識量、丁寧な言葉遣いに優雅な仕種というのは、人間そのものを豊かにします。では改めて聞きます。貴方にとって格好良い人間とは、どんな人間ですか？」

「え、と……佐加井さんみたいな人？」

「ありがとうございます」

佐加井はふわりと笑う。その優しい表情に、オレの心臓が落ち着かなくなってくる。相手は男だ。慌てて自分に言い聞かせるが、格好いいのは事実だった。

「でも具体的に私の何が格好いいと思われるのですか？」

「背が高くて、整った顔立ちで、それから……完璧なところ……」

当人を前に褒《ほ》めるのはなんとも恥ずかしい。だが聞いている当人は、慣れているのか、顔色ひとつ変えない。

「では、私がこの外見で、言葉遣いが下品で乱暴な仕種で、ろくに知識もなかったらどう思われますか？」

「そんな突然言われても……」

オレには佐加井が何を言いたいのかよくわからない。

「では、これまで身近にいた、貴方の格好いいと思った男の人を考えてみてください。容姿はいいものの、中身のない人。逆に容姿は普通だけれど、中身の魅力的な人。どちらを格好いいと思いますか？」

「そりゃ……人として尊敬できるのは、中身の魅力的な人だよ」

「でしょう」

オレの返事に満足そうに頷く。

「言葉遣いや行儀作法といった後天的なものは、その気さえあればいくらでも直せます。知識も増やせますし、接客の仕方もノウハウがあります。ですが持って生まれた人間の質というものは、天性のものですから、修正の効くものではありません」

「なんか今までの話と逆行してねえか？」

「そんなことはありません。今までの話を踏まえた上で、中身が魅力的で、かつ外見がよければ、無敵だという話をしているんです」

佐加井は笑顔でオレの指摘に応じる。

「どれだけ多くの人がいようとも、その中で埋もれることなく、光り輝く人間がいます。貴方はそういう意味で、類《たぐ》い希《まれ》な外見の持ち主です。生まれながらにして、そういう光を持っていますからね」

話に聞き入っていたオレに向かって、佐加井の手が不意に伸びてくる。

爪の先まで手入れされた長い指は、頰《ほほ》に微かに触れたかと思うと、ゆっくり髪を一房《ひとふさ》摘む。

その瞬間、佐加井の指に残る煙草の香りが鼻を掠めていく。

「亜麻色の髪に、色素の薄い瞳。日本人離れした体つき」

同時に佐加井の使っているコロンの香りも漂う。イッセイミヤケのコロンだと教えてもらったその香りは、シンプルで、爽やかさ、さらに力強さを表現しているらしい。

あくまで上品で冷静さを失わない佐加井にはうってつけの香りだ――でもその爽やかな香りを嗅いでから、オレの心臓は穏やかならざる動きをしている。

佐加井の一挙手一投足から、目が離せない。悔しいが、女が夢中になる気持ちが手に取るようにわかる。

「隠そうとして隠しきれないその外国の血を、貴方はコンプレックスに思っている」

佐加井はオレの顔を真正面から見据《みす》えてくる。心の底まで覗き込むような視線を向けられて、オレは動けなくなる。息苦しくなり、動悸が激しくなる。なんで、こんな風になるのか。

「それがなんだよ。悪いのかよ」

オレのルックスを見れば、生粋《きっすい》の日本人でないことは、誰だってわかるだろう。だがそれはオレにとっての禁忌だ。怒りと困惑が混在した状態のせいで、口調が荒くなる。

「悪いなんて言っていません。独特の艶《つや》は、それ故《ゆえ》に生み出されているわけです。明らかに私とは異なる魅力を、貴方は持っています。それは貴方にとって最大の武器になる。けれどそれを半分以上、押さえつけている。勿体ないと思うだけです」

「何がもったいないんだよ」

佐加井の視線に、熱が篭《こも》る。鼓動が速くなる。息も上がってくる。男でも女でも、こんな風に見つめたことも、見つめられたこともない。

「ホストクラブを訪れる女性たちは、何を求めていると思います？」

「男にちやほやされるっていう夢を見に来るんだろう？」

佐加井に尋ねられるたび、自分自身、女になったような気にさせられる。

「そうです」

曖昧なオレの言葉に佐加井は頷きで答える。

「彼女たちは夢を見に来ます。それがかりそめの夢であろうとも、男たちに傅《かしず》かれ、一瞬でも自分が童話のお姫様にでもなったような気分を味わいたいのです。当然、相手は王子様——というわけです。すべてのお客さまに当てはまる話ではありません。でもそういう場合、普通の男より、よりレベルの高い男に傅かれたいと思うでしょう？」

店に出た初めての日、佐加井に熱い視線を向けていた女たちを思い出す。

「その意味で、貴方は最高の条件を備えています」

「オレ、頭悪いけどな」

「中身は外見で十分カバーできます」

なんのフォローもなしに、佐加井はそう言い切る。

「オーナーはそれを見抜いていたのでしょう。そして私もオーナーの意図がわかったので、貴方の教育係を引き受けることにしました。ナンバーワンを、ゼロの状態から育てるのも楽しいと思ったからです。だから、私の家に居候をさせることにしました」

「それって……どういう意味……」

これまで見たことのないほど真剣な佐加井の瞳と不敵な笑みに、身動きできなくなってしまう。全身に、疼《うず》くような感覚が走り抜ける。息苦しさはピークに達していた。

佐加井は、オレの腕を掴む。触れた場所から、全身に佐加井の脈が広がっていくような気がする。

「ナンバーワンになりたくはありませんか？」

その脈が痛い。視線が、痛い。ただでさえ甘く通るテノールの声が、さらに艶を増す。

「一緒に、不夜城を手に入れたくはありませんか？」

佐加井が何を言わんとしているのか、オレに何をさせたいのか、はっきり言うとわかっていない。ただ、熱だけが増していく感じがする。同時に、自分が素っ裸にされたような気分を味わう。

佐加井には、嘘をつけない。佐加井の目は、オレよりも遥かに多くのことを見ている。ではオレはどうか？　オレは佐加井の何を知っているという？

必死に考える。だが、オレの足りない脳みそでは、これ以上、処理しきれない。

「何、言ってんだよ」

やっとの思いで振り絞《しぼ》ったものの、声は驚くほどにか細《ぼそ》い。

「不夜城を手に入れるって、ヤクザにでもなって、歌舞伎町を支配するってことかよ。オレ、

身なりこうだし、それにホスト稼業も始めたばっかりだし、それで……」

何を言ってるんだかと、情けなくなるぐらいに、的《まと》を射ない話しかできない。

「――貴方にはまだ、早かったようですね」

ふっと張りつめていた空気が緩み、佐加井も穏やかな表情に戻る。

ほっと安堵《あんど》するのと同時に、その口調に引っかかりを覚えてしまう。どこか諦《あきら》めたような、呆れたような感じに思えてしまう。

「何が早いんだよ」

「こちらの話ですから気にしないでください」

「気にするなって言われて、はい、そうですかって納得できると思うか？」

「納得できるか否《いな》かまでは、私の関知するところではありません」

「な……っ」

「ただ、こちらの話だと申し上げただけのことで、これ以上私からお話しするつもりもないだけです」

そう言う佐加井は、笑っている。だが有無を言わさぬ表情に、オレはぐっと言葉を呑《の》み込むしかない。

高校時代には、かなり悪いこともした。夜の街で、喧嘩《けんか》もしてきた。

そのオレが一瞬、佐加井の見せる表情に、怖いと思わされてしまう。

いや、怖いんじゃない。やばい、と思った。下手《へた》に手を出すと、痛い目に遭《あ》うのは自分だ。本能的にオレは、それを感じ取ることができる。

「——もうこんな時間ですね。私は先に休ませてもらいます。貴方はどうしますか？」

次の瞬間にはもう、いつもと変わらない態度に戻っている。

「このワイン、飲みきってから寝る」

ボトルには、まだワインが残っている。

「そうですか。では、お先に」

佐加井は口の端《はし》に微かな笑みを浮かべて立ち上がる。

リビングを出て、扉を閉める音が続く。廊下を歩く音、その先にある寝室の扉が開き、閉まる音がしてようやく、息を吐き出せた。

「……参った」

グラスをテーブルに置いて、そのまま床に仰向《あおむ》けに倒れ込む。

天井からぶら下がっているのは、豪奢なクリスタルの照明だ。二十畳は軽くあろうかというリビングに置かれた家具はほとんど海外の有名メーカーの物らしい。とりあえずソファがカッシーナ製だということだけは覚えた。

テーブルに置かれた食器も、イギリスの有名なメーカーの食器らしい。

部屋数はこのリビングを含めずに四つ。総床面積は、百平方メートルを超え、窓からは新宿副都心の摩天楼を望むことのできる最高級マンションだ。居候している部屋は『空き部屋』らしいが、それでも六畳大で、ベッドも置かれていた。備えつけのクローゼットの中には、『もう着ない』という背広が何着もあって、オレに着てもいいと言っていた。体のサイズが違っていて着られないが、どれもこれも有名なイタリアブランドで揃えられていた。

ナンバーワンホストになるということは、こういう場所に住めるようになることだ。単なる、水商売かもしれない。だが、極めれば、それはステイタスになる。

一説によると、佐加井のイメージDVDを発売する予定もあると聞いている。

「そんなの、一体誰が買うんだか」

やっかみ半分、羨望《せんぼう》半分で笑うホストたちがいる。だが実際に発売されたら、絶対に売れるだろう。

下手な芸能人よりも、遥かに佐加井はいい男なのだ——オレ自身、そこらのアイドルより目立つルックスを持っていると、自負していた。

だが佐加井を前にしたら、諸手《もろて》を挙げて降参するしかない。

「オレがナンバーワンなんて、冗談にしかなんねえよ」

そのすごい男が口にした台詞を思い出した瞬間、頬が熱くなってきた。

光り輝く人間——意味ぐらいは、バカなオレにもわかる。

これまでに、敵《かな》わないと思った奴は、いくらでもいる。

だが、そういった奴らと佐加井は、オレの中で何かが違っていた。

訳のわからない感覚がなんなのか、それを知りたくて、この一か月、過ごしてきた気がする。そして佐加井が、『光り輝く人間』だということだけは理解した。同時に、自分とはあまりに違う存在だということも理解した。

底知れない佐加井に、オレは日々魅了され、翻弄《ほんろう》されている——自分でも信じたくないが、同じ男である佐加井のことが知りたくてしょうがない。

起き上がって、残っていたワインをボトルから直接飲み干すと、一気に酔いが回ってきた。

昼にはいまだ、熱さが残っている。そして舌の感覚も。ぞわりと疼くような感覚を、オレは慌てて封印する。

「……部屋、戻んねえと……」

佐加井が起きてきたときこの場に寝ていたら、きっと怒られる。でもとりあえず、それまでに部屋に戻ればいい——そして、オレの意識は睡魔に取り込まれていった。

2

午後六時を過ぎたぐらいから、歌舞伎町はアジア有数の歓楽街へとその表情を変える。そしてオレの働くホストクラブも、夜になってエントランスに電気が灯《とも》る。

派手なネオンの中、オレたちホストは訪れる客を迎え入れる。

「いらっしゃいませ」

開店とほぼ同時に訪れるのは、バスツアーの客たちだ。今日も二十代から五十代ぐらいまで、様々な年齢の女性たち十人ほどが、物見遊山《ものみゆさん》でホストクラブにやってきた。

彼女たちの目当ては、歌舞伎町の有名なホスト、佐加井の顔を一目見ることなのだろう。テーブルについてもしばし落ち着かない様子で、立ったり座ったりを繰り返す。

「あの手の客、苦手なんだよ」

パントリーで店内を窺っているのは、入店二年目の高橋《たかはし》という男だ。

それなりに指名客も持っているが、人を見下したような態度を取るところがオレは嫌いだった。他にも、取り巻きの井口《いぐち》という一年目の男が、高橋に合わせていやらしい笑みを浮かべている。

「でもま、しょうがねえな。おい、奥山。お前、暇だろうから、ヘルプ入れよ。ナンバーワン様はまだ入店してねえみたいだし」

思い切り棘のある言葉を投げられる。

入ってすぐにはわからなかったものの、一か月過ぎた今は、少しずつ店の中が見えてくるにつれ、人間関係も見えてくるようになった。

入店二か月目でダントツのナンバーワンとなった佐加井は、店の中でかなり浮いた存在だということだ。

当然のことながら、仕事の方で佐加井につけいる隙《すき》はない。だから、悪く言う理由の半分は、やっかみだ。

どこの世界でも、モテる男はやっかまれる。特に佐加井みたいな男なら余計だろう。

気持ちがわからないではない。

あの男には、あくせくしたところがまるで見えない。ある意味、一匹狼的な存在だ。刃向かったところで、敵わないことも、彼らは知っている。

こちらが張り合ったところで、一切相手にされない。だから余計に、腹が立つのだ。そのせいで、佐加井のテーブルのヘルプには、オレ以外、誰もいなかったこともあるぐらいだった。

それでも佐加井は平然としているし、気にする様子も見せない。

そして佐加井に刃向かえない代わり、矛先《ほこさき》がオレに向けられる。

一匹狼だった佐加井の仲間として認識されているらしい。

確かに、本来なら寮生活で新人ホストと同居をするところ、佐加井のおこぼれとはいえ、新宿の最高級マンションに居候している。本意であろうとなかろうとも、それは他のホストからすれば、特別待遇になるのだろう。おまけに、ナンバーワン自ら指導してくれていることも、他からすると面白くないらしい。

基本的にはオレは新人ホストとしてやるべきことをやっている。閉店前、閉店後の掃除は他のスタッフと一緒にやっているし、フロアに出ても大半はヘルプのみだ。

場を盛り上げるために酒を一気飲みしたり、一日フロアを走り回って終わることも多い。だが、佐加井のテーブルのヘルプに入る回数が多いことで指名客もいる。キャッチにも出たことがない。

それをよく思わないスタッフは多く、特に高橋たち一派には、何かと目の敵《かたき》にされている。

オレも佐加井の人となりを知らなければ、彼らと同じように思った可能性はあると思う。が、だからといって、こういった嫌味に納得しているかと言われれば、否だ。

かといって、ここで断れば角《かど》が立つ。

「わかりました」

とりあえず、素直に従うことにする。佐加井が来るまでは、いずれにしろ誰かのヘルプに入らねばならないのだ。

「いらっしゃいませ」

オレは端の席に座り、客のドリンクの準備を始める。そしてすぐ、高橋がやってくる。

「どうも、こんばんは」

一瞬、悦《よろこ》びに満ちた瞳が向けられるものの、目当てのホストでないとわかった瞬間、彼女たちの間に落胆した空気が広がっていく。

「皆さん、どこから来たんですか？」

「千葉からですけど」

「ねえ、佐加井さんはいらっしゃらないの？」

高橋への返事も曖昧《あいまい》に、その名前を出してしまう。

一瞬、高橋の眉間《みけん》に皺が寄る。表情をひきつらせながらも、高橋はぐっと息を呑んだ。そこはホストならではのプライドだ。

「さすがにうちのナンバーワンをご存知なんですね」

「私たち、佐加井さんに会いに来たのよ」

「どうして佐加井さんは来てくれないの？」

「そのうち来ますから、それまでは俺たちと盛り上がりましょうよ、ね」

高橋はプライドぎりぎりのところで、懸命に会話を続ける。

「まずは、みんなで乾杯して。ほら、酒。早く用意しろよ」

怒りの矛先が向けられるのはオレだ。

「はい、すぐに……」

渡したグラスを、高橋が客に向かって差し向けた。その指先をグラスが滑《すべ》りテーブルの反対側に座る女性に向かって倒れていく。

「あ……」

危ないと思った瞬間、伸ばしたオレの背広の袖がびっしょり濡れていた。

「大丈夫ですか」

でも問題はオレより客だ。咄嗟《とっさ》に背後にいる女性に尋ねる。視線の先僅かな距離にいる相手は、目を見開いてオレの顔をじっと見つめている。

「あ、え、ええ……」

曖昧な返事が気になる。

「手が、濡れましたね。すみません」

オレは濡れていない右手を相手の手に伸ばす。指先が手の甲《こう》に触れると、彼女は頬を赤く染めて手を引っ込めた。

何かヘマをしたかと慌てたが、それを堪《こら》えて冷静に応対する。こういうとき、オレが慌てたら、相手はもっと慌てる。佐加井に何度も言われた。それを思い出しながら、客に確認する。

「服が濡れているようでしたら、すぐにクリーニングの手配をさせて頂きますが」

「いいえ、いいえ、大丈夫よ。それより、貴方の方が濡れているじゃない」

我に返った女性は、今度はオレを気にしてくれる。よかった。とりあえず怒っていない。

「オレは平気ですから。高橋さん、すいません。ちょっとタオルを取りに行って来ていいですか」

ざっとテーブルの汚れを拭ってから、高橋を振り返る。と、高橋はそのまま呆然《ぼうぜん》と、倒れたままのグラスを見つめていたが、オレの声で慌ててグラスを起こす。

「……ったく、何やってんだよ。お前がきちんとしないから、お客さまに失礼したじゃないか」

「な――っ」

「お客さま、申し訳ありません」

咄嗟に頭に血の上るオレの背後から、甘い声が聞こえてくる。

鼻を掠める甘いコロンとマイルドセブンの香りに背筋がぞくりと震える。

「スタッフに不手際があったようで……大変に失礼いたしました」

訪れたのは、佐加井。前触れもない本命の来訪に、女性たちの口からため息がこぼれ落ちてくる。

「お洋服の方は濡れませんでしたでしょうか」

佐加井は女性の前で当たり前のように膝《ひざ》を突き、持っていたハンカチをそっと差し出す。そのハンカチからは、佐加井と同じ香りが漂う。

「彼が身を挺《てい》して庇《かば》ってくれたから、大丈夫よ。ありがとう」

客の視線がオレに向けられる。

「お客さまに何事もなくてよかったです」

満面の笑みが、一瞬にしてその場の空気を変える。そして佐加井はさりげなくオレの隣に腰を下ろす。

「よくできました」

吐息がそっと耳を掠めていく。

咄嗟に顔を上げるが、佐加井の視線は客に向けられている。

「それでは、お詫《わ》びも兼《か》ねて、一緒にゲームでもしませんか。これを使って」

持っていたポッキーの箱と、輪ゴムをひとつ取り出した。

「何、すんですか？」

「知りませんか？　よく合コン等で遊ぶゲームですよ」

オレの質問に笑顔で答えた佐加井は、取り出したポッキーをオレに銜《くわ》えさせる。

「食べちゃ駄目ですよ」

そう言って自分もポッキーを一本手にすると、その先に輪ゴムをかけた。

「こちらの輪ゴムを、手を使わず、次の人のポッキーに渡すゲームです。単純でしょう？」

「……って、よくわからないわ」

客の言葉に、佐加井は「では実際にやってみましょうか」と言うと、輪ゴムを引っかけた状態のポッキーを銜えた。

「こうするんです。見ていてください」

口の端にポッキーを銜えたまま、佐加井はオレの両肩に手を置いて、顔を寄せてくる。

「――っ！」

軽く顔を斜めに傾《かたむ》けた状態で、じっとオレの顔を見据えている。正確にはオレの顔じゃない。口元にあるポッキーなのだが、微妙に開いた唇の角度が、妙に艶めいてみえる。

長い睫毛《まつげ》に細められた目元。

まるでキスするようなその表情に、背筋が震え上がる。肩に触れる指先から伝わる温もりに、頭まで痺《しび》れてきそうだ。おまけにワインのテイスティングのときの唇の感覚が蘇《よみがえ》ってきてしまう。

頭だけじゃない。体の芯《しん》が、熱くなる。

ゃー」

口から上がる観声で、オレははっと我に返る。

えてるんだ。

仕事をしている。客とのゲームのために、模範《もはん》演技をしているだけのこと。

ンを見つめているのも、手の温もりが熱いのも、すべてゲームだ。

そうやって言い聞かせないと、変な気分になりそうだった。

しっかり佐加井の腕を掴み、巧《たく》みにポッキーを操ってゴムを取る。

「やったっ！」

「――というゲームです。皆さんもやりますか？」

「もちろん」

きゃあきゃあと騒ぎながらも、女性たちは競うようにしてポッキーを奪い、そして佐加井の前に並んだ。

「私からゴムを奪うわけではなくて、全員で回していくんですよ？」

佐加井は苦笑しながらも、結局は希望に応えてあげることにしたらしい。

爪まで手入れされた大きな手がそっと女性の肩に触れる。その体を優しく抱き締めるように引き寄せ、上からキスをするように顔を傾ける。

見ているだけで、胸がドキドキしてくる。同じことをオレもされていた。佐加井の手が触れ、佐加井の顔が近づいた――掌《てのひら》に汗が滲み、息苦しさを覚える。

なんか変だ。

変だとわかってるのに、どうすることもできない。

激しくなる動悸に堪《こら》えられず、オレは勢いよくその場に立ち上がる。と、その場の視線がオレに向けられる。

「どうしましたか?」

「上着が濡れてて気持ち悪いんで、着替えてきてもいいですか」

「そうですね。そうしたほうがいいでしょう」

なんの疑いもなく応じる佐加井の笑顔が苦しい。

逃げるようにして、オレはテーブルを立った。


「どうしちまったんだよ、オレは……」

控え室に戻って、頭を抱える。

体に熱さが残っている。

佐加井の手の温もりが、全身に蘇っている。佐加井が客相手に微笑む姿に、どうしようもなく苛立ちを覚えた。それだけではない。オレ以外の人間に触れることも許せなかった。

変だ、絶対変だ。わかっている。客と同じに、佐加井に夢を見てどうする。

それはわかっているのに、自分ではどうにもできない。

「——いい気分だろう?」

神経を逆撫《さかな》でする声に、オレは顔を上げる。

扉の前には高橋と、彼の取り巻きである井口が立っていた。

「人のミスを自分の手柄にして格好つけてんだもんな。ったく、ナンバーワンから直《じか》に教えてもらってる奴は、やっぱり出しゃばるのが上手いや」

「――何が言いたいんですか」

　堪えきれない苛立ちが、つい口調に出てしまう。どうしてこのタイミングでこの男たちはやって来るのだろう。

「いーや別に。ただざ、もしかしたら、女落とす方法じゃなくて、男をコマす方法も教えてもらってんのかなって思っただけさ」

　高橋の言葉に、一瞬はっとさせられる。

「ありうるありうる。あいつの客、男、多いもんな」

「それ、どういう意味っすか？」

　笑いながらの言葉で、心臓が奥の方で疼く。

「どうやら図星か？　表情が変わってやがる」

　高橋は、井口の肩に頭を置いた。

「奥山って女顔だし、自分から誘ったのかもしれないよなあ」

「オレはそんなんじゃねえ」

　頭で何かを考えるよりも前に怒鳴っていた。

　外見のことを言われるのは、大嫌いなのだ。好きでこんな容姿に生まれたわけではない。

だが、人は外見で勝手にオレを判断する。中学のとき、髪を染めているのは不良だと言われた。髪のことだけで、殴られたこともある。言いがかりもつけられた。

女顔のせいで、ゲイだと決めつけて襲ってきた男もいる。

でもそんなオレのルックスを、佐加井は売りになると言った。オレの髪に触れた指の感覚を思い出して、体が熱くなる。

話をした夜から、一週間以上が過ぎている。いまだ佐加井のレッスンは続いているが、あの話に触れられることはない。佐加井がどんなつもりだったのかわからない。だが、あのときの真剣な表情は、一瞬たりとも忘れることはない。

そんな佐加井を揶揄《やゆ》しようとするのが許せない。

「ムキになるところが怪しいよなあ」

ヘラヘラと笑われて、堪忍袋の緒が切れた。

「畜生……っ」

「やるのか?」

挑戦的に高橋が笑う。

オレはその笑みに、ぶち切れた糸をもう一度必死に繋《つな》ぐ。ここで手を出してしまったら、相手の思うツボだ。

「なあ、どうせなら、勝負しようぜ」

「勝負？」

高橋の言葉にオレは眉を上げる。

「そう。どのぐらい佐加井にホストらしく指導してもらったか、俺たちと勝負する。それでお前が勝ったら、認めてやるよ。お前も、佐加井も」

にやにや笑うその表情のせいで、どこまで高橋が本気かわからなかった。

だが、このままではいられないのはわかってる。オレはぐっと堪え、相手の顔を睨みつける。

「――いいっすよ。方法は？」

「キャッチ」

「え――っ」

「嫌か？　そりゃ嫌だよなあ。何しろ、ナンバーワン様はキャッチしたことねえし、当然、お前も教わったことねえわけだからなあ」

「なあ」

二人して、オレの反応を見て実に嬉しそうに笑う。

指摘される通り、オレはキャッチをしたことがない。だが、ホストとして必要なことは、十二分に佐加井から教わっている。ここでできないと言ったら、土俵に上がる前に負けを認めることになる。だからオレは腹を括った。

「――わかりました」

オレの返事に、高橋は口笛を吹いた。

「後悔してもしらねえぜ」

「それは、こっちの台詞です」

怯《ひる》むことなく応じると、高橋たちは一瞬その気迫に押されたように黙り込む。

「ま、せいぜい、粋《いき》がってろよ」

捨て台詞を残すと、簡単なルールを説明してから控え室から出ていく。

二人がいなくなってから、オレはもう一度力無く椅子にドカリと腰を下ろす。

「畜生……っ」

訳のわからない感情が押し寄せてくる。怒っているのかなんなのか、オレ自身、よくわかってない。

ただ溢れそうになる感情を堪えて必死に唇を噛み締めていると、再び扉の開く音がする。

「まだ、なんか用っすか？」

勢いのままに上げた顔が、そこにいる人を見た瞬間、そのまま固まる。

「――何がありましたか？」

今度訪れたのは、佐加井だった。

心配そうな瞳が、遠慮なしに人の心を覗き込んでくる。無意識に唇に視線が向いてしまうことなんて、佐加井は知るよしもない。

「なんでもねえよ」

心を見透かされたくなくて、乱暴な口調になる。

「そんな顔をして、なんでもないなんてことはないでしょう」

一歩、また一歩、佐加井が近づいてきて、オレに向かって手を伸ばしてくる。そのたび、強烈なコロンとマイルドセブンの香りがオレを包んで、さっきの感覚を呼び覚まそうとする。

頭がガンガン痛くなって、頬が熱くなるのが自分でもわかる。

強烈な恥ずかしさにオレは伸びてくる佐加井の手を咄嗟に振り払う。

「触るな」

怒鳴ってから、しまったと思った。

佐加井は眉尻を下げ、見たことのないような顔で、オレを見つめている。

その表情がオレの心臓を鷲《わし》掴みにして、ひどい罪悪感に駆られる。でも、本当のことを明かせはしない。オレ自身、何が本当かもわからないのだ。

「——ホントに、なんでもないです。着替えするんで、出てってもらえませんか?」

「わかりました。余計なことを言ってすみませんでした」

すぐに佐加井はいつもの表情に戻って、そこから出ていく。

パタンと閉まる扉の音が、やけに耳に響いた。

「制限時間は、二時間」

翌日の午後七時、オレは歌舞伎町一番街に立っていた。

高橋は井口と一緒で、トレンチコートを肩から羽織った状態で、オレの顔の前に指を二本立てた。

「九時までの二時間の内に、キャッチに成功した方が勝ち。万が一両方が成功した場合、その客が店で払った額の多い方が勝ち。それでいいか?」

「――了解っす」

オレは浮かない表情で応じる。

「負けた方は、明日一日、閉店まで、相手の言うことを聞くってことで、いいっすか?」

「貴様……っ」

「いいぜ」

オレの提案に熱くなる井口を、高橋が抑える。

「でも、こいつ、いくらなんでも……」

「俺らが負けるわけないんだから、いいじゃねえか。この瞬間だけ、新人にいい思いさせてやってもさ」

前髪をぴんと指で弾《はじ》く。

高橋は井口とともに、新宿コマ劇場側に移動する。

それを見て、少しだけ後悔する。

昨日、あのあとマンションに戻っても、佐加井とは話をしなかった。おまけに今日家を出てくるとき、すでに佐加井の姿はなかった。怒っているのかもしれないと思うと、気分がそれだけで落ち込んでくる。

「ったくよ……」

コートの中から煙草を取り出し、火を点けようとライターを探して胸ポケットを探った。

どうやってキャッチをするのか、正直なところわかっていない。

ホストは夢を売る仕事だ。だが夢を売るだけでは金にはならない。良い意味でも悪い意味でも、客に夢を見せた上で、金を払わせるのだ。

それを高いと思わせるか、安いと思わせるか、それがホストの腕の見せ所。佐加井は、金のない人間から搾《しぼ》り取るのではなく、有り余る人間から上手く巻き上げている。

「一歩間違えれば詐欺《さぎ》だよな」

ため息まじりに呟くと、短くなった煙草も携帯灰皿に捨てる。

それでは——と、気合いを入れた瞬間。

「こんばんは」

聞こえてきた声に、オレは慌てて振り返る。

そこには、柔らかいウェーブのかかった肩下くらいの髪をした、ＯＬ風の女性が二人立っていた。着ている物からすると、結構な高給取り。年齢は三十代前半。遊び慣れた感じが、視線のやり方でわかる。

「ども、こんばんは」

オレは佐加井仕込みの笑顔で応じる。二人の顔をそれぞれ眺めるものの、見覚えはなかった。一人は目が印象的だ。大きくて、黒目がち。気の強そうな感じだ。

「貴方、クラブシックスの、ホストでしょ？」

「ご正解。オレってそんな有名人ですか？」

「有名よ。サイトに顔出てるし」

「あー、サイト。なるほど」

歌舞伎町のホストを紹介するインターネットのＨＰがあるらしいことは、以前聞いた。オレはインターネットなんてやってないからよく知らないのだが、結構客の間では評判らしい。

「それで、オレの顔を覚えていてくれたんですか？」

「そう。サイトで観るより、若い」

店の前に飾られているいわゆるホスト紹介写真は、こっちが恥ずかしくなるぐらい、気障《きざ》なポーズで撮っている。だが、仰々《ぎょうぎょう》しければ仰々しいほどいいのだと佐加井に唆《そそのか》され、大人しく従った。自分で見直したいとは思わない。が、店に行くたび、嫌でも目に入ってくる。

「今、お店行ったら、佐加井さん、いるかしら？」

「どうかな。よければ、電話してみましょっか？」

「案内してくれないの？」

「オレ、今ヤボ用の最中なんで」

　肩を竦める。

「これ名刺。初回のお客さんには、サービスしてるので、もしよければ、行ってみてくださいっす。オレよりいい男、一杯いますし、佐加井さんは一見の価値あるっすよ」

「ありがとう」

　丁寧に店の場所を紹介して、去っていく二人を見送ってから、はっと気づく。

「もしかして、オレ、ばか？」

　もしかしなくともバカだ。今の二人を店に連れていけば、それでキャッチ成功だったかもしれない。

　と思ったときには、もう後の祭り。

　すでに彼女たちの背中は雑踏の中に消えていた。

「しまった――っ」

　これだから、高橋たちに揶揄されるのだ。どうにもオレはツメが甘いらしい。おまけに、臨機応変さが足りない。

だが、ここで後悔しても始まらない。

そのあと、完璧な詐欺師を目指して街を歩く女性たちを物色《ぶっしょく》するが、時間が早いせいか、めぼしい女性が見当たらない。そしてとりあえず声を掛けてみても、立ち止まって聞いてくれる女性など、ほとんどいなかった。

キャッチで客が簡単に引っかからないことは知っていた。だが、話ぐらいは聞いてもらえると思っていた。

が、そう甘いものではなかったらしい。明らさまに、侮辱の視線を向けられることも多い。

そんな中、凝りることなくキャッチを続ける高橋たちを、ある意味尊敬する。

返す返《がえ》すも、最初の二人が勿体なかった。

「はー……」

缶コーヒーを買って、コマ劇場前のロータリーで、腰を下ろす。

今さらだが、高橋たちがにやにや笑っていた理由がわかるような気がしてきた。あちらも同じような条件には違いないが、おそらくなんらかの作戦を練《ね》っているに違いない。おまけにあっちは二人だ。了承した覚えはないが、それで文句をつけたら、絶対何か言われるに決まっている。

強く出た手前、このまま負けるのは悔しい。が、どうしたら上手くいくのかわからない。

体を半分に折り、膝に腕を置いてぼやく。

「ったく、佐加井のばかやろう」

「聞こえない場所で、人の悪口を言うのはやめてもらえませんか？」

　頭上から聞こえてくる声に、全身が硬直する。

「大体、人が心配してきてみれば、こんな場所で油を売っている上に悪口を言っているんですから、困ったものです」

　オレは自分の耳を疑った。だが恐る恐る上げた視線の先には、間違いなく見慣れた靴があった。丁寧に磨かれた黒の革製。足はセンターラインの入ったパンツに覆《おお》われ、脛《すね》の部分では綺麗なラインを描くグレーのトレンチコートの裾が翻《ひるがえ》っていた。

「——こんなところで何をやっているんですか」

「たまには、キャッチで新規のお客さまを開拓しなければと思いまして」

　佐加井はオレのことを見下ろしている。

「店のスタッフにキャッチにお薦めの場所を聞いたら、コマ劇場周辺だと言うので来てみたら、貴方の姿が見えたんです。それで挨拶に来たのですが……まさかそこで奥山くんに罵倒《ばとう》されるとは思いませんでした」

「別に罵倒していたわけじゃないです」

　わざとらしく肩を竦める佐加伊に対し、オレは慌てて弁解する。

「だったらなんですか？」

「それは……」

佐加井は口の端に笑いを刻みながらオレに聞いてくる。全部わかっているのだろう。だがオレは即答できなかった。情けないことに、見慣れているはずの目の前に立つ佐加井の姿に、見惚れてしまっていたのだ。

すらりとした長身に羽織《はお》ったトレンチコートが、夜の街にやけに映《は》える。

言い訳させてもらうなら、そんな佐加井の姿に魅了されているのは、オレだけではない。周辺でそれぞれ自分勝手に過ごしていた人間の視線が、少しずつ佐加井に集中してくる。

ざわめきと、感嘆。ため息——ひそひそ囁く声の中には、『クラブシックス』や『佐加井』という名前が混ざっている。遠巻きに佐加井を見つめ、声を掛けるタイミングを計っている者や、携帯電話のカメラで必死に撮影している者も現われてきた。

シャッター音とフラッシュの光で、我に返る。

オレもあんな奴らと同じだ。目の前の男に、翻弄されている。

「悪口については謝るっすよ。だからとにかく、佐加井さんは店に戻ってください」

オレは慌てて立ち上がると、人々の視線から逃れるべく佐加井の背中を押す。

「なぜ?」

だが当人はまったくわかっていない。天然だからこそ、無邪気な素振りができるのか。

「佐加井さんがキャッチする必要なんてないじゃないですか。おまけに、そろそろ常連さんたちが店に来る時間ですよ」

「奥山くんはどうするんです？　貴方は私のサポートのはずですが」

「オレはあと少しここを離れられないんで、代わりの人間に頼んでください。用が終わったらすぐに店に行きます」

「どうすれば用が終わるんですか？」

　軽く小首を傾げる仕種が、妙に可愛く思えてしまう。オレの頭は、どうかしてしまったのだろうか。

「キャッチに成功したら」

「だったらさっさと成功させて店に戻りませんか？」

「そんなことができるもんなら、とっととやってるよ！」

　ビルの路地に入ったところでオレは佐加井の腕を解放して、強い口調で言い返す。

　堪えてきた感情が、佐加井の言葉で爆発してしまう。

「正直、キャッチなんて簡単だって嘗めてた。でも、無理なもんは無理だ」

　ぐっと拳を握り締める。

　悔しかろうとも、負けを認めるのも必要なことだ。これまでキャッチに出ることもなく、ナンバーワンである佐加井のおこぼれに預かって、指名ももらっていたのだ。高橋たちに揶揄されても、文句は言えない。

「なぜキャッチに成功しなければならないんですか？」

佐加井の問いに、オレはぐっと口を閉ざす。死んでも、理由は言いたくない。

「――悔しくないんですか？」

俯《うつむ》くオレの肩に、佐加井の手が伸びてくる。

それなのに、よりにもよって佐加井の言葉に、かっと頭に血が上った。

「このままキャッチができないということを認めて、悔しくないんですか？」

「そんなこと、あるわけねえだろう！」

肩にある手を振り払って、オレは逆に佐加井の体を、ビルの壁に押しつける。

「すっげえ悔しいに決まってる」

オレよりも高い身長の男を、オレは睨みつける。

「――でも、だからって、できねえもんはできねえ」

「何しろ、ナンバーワンである私はキャッチしたことがないし、当然、貴方も教わったことがないわけですからね」

「……なんで、それを」

不意に佐加井の口からこぼれ落ちてきた言葉に、オレは顔を上げる。

まるでその場にいたかのような台詞だ。オレが見上げると、佐加井はにやりと笑う。話を聞いていたのか。どこまで、聞いていたのかと思ったら、顔が熱くなってくる。

「やはりそういうことですか」

「っ、人のこと、引っかけやがったな?」

カマをかけたのだ。安心すると同時に、カッとする。

「とんでもありません」

だが変わらず佐加井はふわりと笑う。

「ただ、もしそういうことであれば、絶対に負けてほしくはないと思ったんですよ」

しかし瞬時にして、笑っていた目が厳しいものへと変わる。優しげな男の表情の変化に、背筋がひやりと冷たくなる。

「でも……」

「ナンパをしたことは?」

「え?　それは一応、ある、けど……」

突然変わる話題に、オレは戸惑いつつも答える。

ホストになる前、かなり無茶をして遊んでいた。その頃、ナンパはゲームのひとつだった。恋愛だってそうだ。

「だったら平気です」

「でも、ナンパとキャッチは違うし、金持ってそうな年上タイプを誘える自信はないんです」

ナンパの場合、金を払うのは男。だがホストクラブでは女が金を支払う。

「そう考えるところが間違いです。基本は同じでしょう？　自分という存在に興味を抱《いだ》かせる。もっと自分と話をしてみたいと思わせる。それこそ、強烈にそう思えば、金を支払ってでも女性たちは、貴方と一緒にいたいと思うでしょう。年上の女性でも同じです。エスコートしようと思うのではなく、相手を気持ちよくさせればいいじゃないですか。もちろん、お酒の席で、ですよ」

「理屈はそうかもしれねえけど、そんな簡単じゃねえ……いや、ないし」

「そうでしょうか？　ならば、試してみましょう」

「佐加井さん」

「見ていてご覧なさい」

佐加井は壁に突いたままのオレの手をどけると、路地から表の通りに出る。

コートのポケットに無造作に手を突っ込み、軽く頭を左右に振る。柔らかい髪が揺れて顔にかかる後れ毛が、妙な艶を醸《かも》し出す。

周囲を見回しながら、ふと佐加井は歩き出す。向かう先は、キャリアウーマン系の女性がいた。

かっちりとしたスーツに、エルメスのケリーバッグを抱え、颯爽《さっそう》と歩いている。

とてもホストクラブに行きそうなタイプには見えない。

そんな相手に佐加井はわざわざ声をかける。何を言っているのかは聞こえてこない。でも、相手の目を見ていれば、キャッチが成功したか否かは一目瞭然だった。時間にしてはほんの数分。

どんな魔法を使ったかはわからないが、佐加井の勝利だ。

にっこり微笑んだ佐加井がオレに視線を向けてくる。軽く手を振りながら、先に店に向かうその背中に、悔しさと驚きを覚えるとともに感嘆する。

ノウハウも何も、結局佐加井ほどの人間になれば、不可能なことなどないのか――一時間、必死になっていた自分がおかしくてしょうがなかった。

「ったく、あの人は……」

落ち込みかけたのは一瞬。オレが同じことをやっても、無理だ。ならば、どうすればいいのか。正直、頭を抱えた。

でも、すぐにオレは浮上する。

佐加井があああいう男だからこそ、オレはあの男に魅《み》せられている。そんな男が、わざわざオレの前で初めてのキャッチに挑戦してみせてくれた。

「ここで怯んでいたら、男が廃《すた》るぜ」

妙な気合いを入れ、残り僅かな時間に賭けて、オレはもう一度チャレンジするべく立ち上がる、と――。

「あ、いたいた」

手を振りながら、オレに向かって走ってくる人がいる。

「あれ、さっきの。どうしたんですか?」

佐加井のことを話していた女性二人組の一人だ。より勝ち気な顔をした女性の方だ。

「またの機会にしようかと思ったんだけど、今日行ってみたいって思って、友達と別れて戻って来ちゃったわ」

「そうなんだ。それならほんの少し前まで、佐加井さんも、ここにいたのに。店に行けば会えると思うから、行ってみたらどうっすか?」

オレの言葉に、女性は笑う。

「なんか変なこと言いました?」

「確かに佐加井さんも見てみたいけど、私は貴方とおしゃべりしてみたいって思ったのよ」

「――そう、なんすか?」

予想しなかった返答で、しどろもどろになってしまう。

「ホストって、指名増やさないといけないんでしょう? それなのにさっき、私たちが佐加井さんのこと言ったら、全然嫌な顔せずに教えてくれたでしょう? それがすごい印象良かったのよ。結構、もてるんじゃない?」

思わせぶりに問われて、オレは苦笑する。

「――オレ、まだ新人なんで、全然」

「ホストとしてではなくて、普通の生活でのことを言ってるのよ」

　女性は楽しそうに笑っている。

　何となく気恥ずかしさを覚えてしまう。

「いずれにせよ、すぐに指名増えると思うわ。戻ってくるとき、もしかしたらもう見つけられないかな、なんて思ったの。でも遠目にもすぐわかった。みんな、貴方に注目していたの知ってる？」

「知らない」

　思い切り首を左右に振った。

「髪が茶色で、ヤンキーっぽいのかと思ったわ。けれど、話し方もソフトだし、身振り手振りがスムーズだった。私が保証する。貴方、絶対これから指名増えるよ。私の友達にも紹介しておく」

「それは、嬉しいです」

　店に向かう道すがら、女性は力強く宣言した。でもオレは正直、話半分で聞いていた。

「冗談だと思っているでしょう？　でも本気だから。これ、私の名刺」

　ほんのり甘い香りがする名刺の肩書き眺めて、オレは絶句する。

「――社長、さん？」

「そ。社長の住野由紀《すみのゆき》。よろしくね。飲食店のチェーン店をやっているの。一緒にいた子は、うちの店のデザインをやっている会社の社長」

にっこり微笑まれる。

「貴方の名刺もくれる?」

言われて、オレは慌てて自分の名前の入った名刺を渡す。

「奥山瑞樹……って、源氏名《げんじな》?」

「いや、本名、っす、いや、です、けど」

口調を慌てて直す。

入店の際に他の名前を使うか否か確認されたものの、面倒でそのまま使うことにしたのだ。オーナーも、この名前なら、あえて変える必要はないと言ってくれた。

「瑞樹くんね。私、貴方のこと気に入ったから、これからお店に通うことにするわ」

細い腕がオレの腕に巻きつくと同時に、彼女の使っているコロンがオレの鼻を掠めていく。

「頑張ってナンバーワンにしてあげるわ」

「冗談言わないでくださいよ。オレ、まだ入ってひと月なのに」

「そんなの関係ないでしょ? 大丈夫。貴方は絶対、ナンバーワンになれる素質があるもの」

強い言葉に、この間の佐加井の言葉が蘇ってくる。

『一緒に、不夜城を手に入れたくはありませんか?』

言われたときには、まるで遠い夢のような話だと思っていた。けれど彼女の言葉で、不意にそれが現実味を帯びてくるのを感じた。

「賭けの結果を見るとするか」

閉店後、トイレの掃除をしているオレのところまで、高橋と井口がやってくる。

オレが客連れで店に戻ってきたとき、彼らはすでに先に席で客の相手をしていた。他のスタッフの話で、キャッチに成功したらしいことは聞いていた。となれば、勝負は客の使った金額でのことだ。

正直、オレは自信があった。

だから、モップを背中の後ろにやって、彼らの前に向き直る。

「俺らは三十分でキャッチに成功した。リミットぎりぎりのお前とは訳が違う」

「――時間内にオレもお客さまを連れて帰ってきました。だから金額の勝負じゃないですか」

「こいつ、俺らに勝てるつもりらしいぜ？」

高橋はにやにや笑いながら、たった今モップで拭《ふ》いたばかりの床に、煙草の吸い殻を捨て、靴の先で踏み潰《つぶ》す。

「まったく新人ってのは、怖い物知らずだよな」

「ホントですよね」

互いに顔を見合わせると、おもむろに高橋の拳が腹に入ってくる。

「う……っ」

「言っておくが、一人ぐらいキャッチに成功したからって、調子に乗るんじゃねえぞ。井口。そっち側から腕を抑えろ」

「了解です」

腹を抱え体を折るオレの背後に回った井口に、背中で両手を捕らえられてしまう。

「な、にを……っ」

「先輩にはへりくだるっていうのが、社会のルールなんだよ。佐加井の野郎は何も教えてくれてないみたいだから、俺たちが優しく、教えてやろうと思ってね」

「ぐ……っ」

腹を膝で蹴り上げられ、口の中に鉄の味が広がる。前のめりに倒れていきかけるが、髪を掴まれ、顔を上向きにされた。

視線の先には、勝ち誇った笑みを浮かべる高橋の顔がある。

「前からてめえのことは気に食わなかったんだよ」

再び煙草を銜え、煙を顔に吹きかけられる。

「後から入ってきたくせに、おこぼれで指名なんか取りやがって。佐加井の金魚のフンならフンらしく大人しくしてればいいんだ。それを、調子に乗るんじゃやない」

チリチリと燃える煙草の赤い先端を、顔に近づけられる。

煙草が怖くないわけはない。

だがそれ以上に、高橋のやり方にむかついていた。

「ホストとしての実力では勝てないから、力業《ちからわざ》に出るんですか」

「うるせえんだよ！」

乾いた鈍い音が響き、オレの顔が横に向く。

頬を、思い切り叩かれた。

耳の奥でキーンと嫌な音がした。膝ががくりと折れ落ちかけるものの、背後で腕を掴む井口がそれを許してくれない。

「井口。この際、こてんぱんにやっちまわないか」

「どんな方法でですか？」

苛々した様子で煙草を吹かす高橋は、ちらりとオレの背後に視線を向けてくる。

「殴るだけじゃ芸がないだろう？　一応こいつも、ホストである以上、顔は商売道具だしな」

「その商売道具をすでに殴っといて、よく言えるもんだな」

思わず強い語調で言い返すと、胸倉を掴まれる。

「自分の立場、わかってんのか？」

顔を近づけられ、煙草の先端が目尻に寄せられる。チリチリと火の燃える様が、映像として伝わってくる。

「――どうするつもりですか」

腕組みをした高橋は、オレの問いに顎をしゃくり上げた。

「ただ謝ってもらうだけじゃつまんねえしな。井口、なんか良い方法ないか」

「そりゃ、あっちでしょう?」

いやらしい井口の笑みに、高橋も下品な笑いを浮かべる。

「やっぱりあっちか」

「ですよ」

二人の間だけで会話が成り立っていく。

「佐加井に毎晩可愛がられてるんだから、その辺は心得ているだろうな」

「な……っ」

瞬時にして、二人が何を言わんとしているのか理解する。咄嗟に抗議しようと思うオレの背後から、井口の硬くなった下半身が押しつけられる。

その生々しい熱さと硬さに、背筋に冷たいものが走り抜ける。

「井口、お前、そっちの気《け》、あったのか?」

高橋が含み笑いをしていた。

「別にそういうわけじゃないですけど、こいつの顔ならいけそうじゃありませんか?」

井口の言葉で、高橋は顎に手を掛け、オレの顔をまじまじと眺めてきた。

「確かにそうだな」

「あんたら、何を考えてんだよ」

唇をぺろりと嘗め上げるそのいやらしい表情に、鳥肌が立った。

「だから言っただろう？　先輩に逆らうとどういう目に遭うか、口で言ってもわかんねえみたいだから、丁寧に体に教えてやろうと思ってね」

「優しい先輩だぜ。感謝しな」

井口は高橋の言葉のあとでつけ足してくる。

「何が優しい、だ……っ。オレは男で、あんたらも男だろう？」

「でも同じ男の佐加井にされて、喜んでるんだろう？」

それは、まさにオレにとって禁忌だ。

「侮辱するのもいい加減にしろ。佐加井さんは、そんなことしない！　あんたらと一緒にするな」

闇雲《やみくも》に抗《あらが》った瞬間、膝がその場に屈《かが》みかけていた高橋の顎に当たる。

「痛っ」

高橋は口元を押さえ、自分の掌を見つめる。唇を切ったらしい。

「あ……っ」

「何、すんだ、てめえ！」

　一瞬、罪悪感の芽生えたオレの腹に、高橋の拳がもう一度入った。

「ぐ……っ」

　強烈な吐き気が込み上げ、上半身が前のめりに倒れていく。そのオレの髪を掴んで、高橋は上に向かせる。

「ふざけやがって。井口、しっかりそいつの体、抑えてろ」

　煙草をその場に投げ捨てた。

「了解」

　井口の戒《いまし》めが強くなり、背中を反《そ》らすような格好になった。そして高橋の手が、オレのベルトに伸びてくる。

「やめ、ろっ」

　必死に叫ぶ。

「おい、よく考えろよ。あんまり大きな声を出すと、店ん中まで聞こえるぜ」

　高橋は上目遣いにオレを見る。

「この情けねえ格好を、誰かに見られてもいいのか？」

「くそ……っ」

　高橋と井口のことだ。あることないことを言いふらすに違いない。

もちろん、このままやられても同じだ。一度隙を見せたら、つけこまれるに決まっている。どうしたらいいのか、オレは必死に考える。

「ああ？　なんか言ったか？　井口、聞こえたか？」

「いや、全然聞こえねえなあ」

耳元で嫌な声が響く。

カチャカチャとバックルを外す音が響き、ファスナーの下りる音が続く。

「く……っ」

今にも爆発しそうな怒りをぎりぎりで堪える。

理不尽なことを言われようとも、相手は先輩だ。なんとかここで引いてくれれば、水に流そう。そう思っているのだが、高橋はまるでやめる様子を見せない。

ひやりとした手が、オレの熱に触れて外に引きずり出される。冷やりとした外気に、びくりとオレ自身が震える。

「毎晩佐加井に可愛がられている割りに、綺麗な色、してんじゃん」

「だからこそ、佐加井のお気に入りなんじゃないですか？」

「そうだなあ」

高橋は下卑た言葉を口にしながら、不躾《ぶしつけ》なほどにじろじろオレを眺める。嫌悪感が増しているのに、情けない下肢《かし》は、他人の手の感覚に僅かではあるが反応している。

「なあ、奥山。佐加井はどうやってお前のことを可愛がってくれるんだ？」

「──そんなこと、佐加井さんはしねえって言ってんだろう！」

おかしいのはオレだけだ。

「嘘、言うなって」

「あ……っ」

指で弾かれると、条件反射のようにびくっと先端が震えてしまう。

「手か？　それとも、巧みな舌技で嘗めてくれるのか？」

掌全体で、脈打つそれを擦り上げられる。

「──っ」

そのたび、鈍い感覚が腰まで響き、否応なしに煽《あお》られてしまう。奥歯を強く嚙み締め、溢《あふ》れてくる声を必死に呑み込む。だが、それでも堪えられない声が、こぼれ落ちそうになる。

「なんだかんだ言いながら、反応してるぜ？」

根元までを扱《しご》かれて、確実に熱を溜めていくそこが、内側から疼き出してきた。

「なあ、しゃぶってやろうか？」

熱い息が、かかる。それにも反応して、下肢がびくびくと震える。

「……ざけんなっ」

膝に力を入れるが、高橋も同じ手には二度もかからない。

咄嗟に顔を避け、膝と膝の間に自分の体を入れてくると、手の中にあるオレを力任せに握ってきた。

「あ……っ」

脳天まで痛みと衝撃が突き抜ける。

「人が優しくしてれば調子に乗りやがって。ちょっと痛い目見せてやらねえと駄目だな」

「——同じ言葉、そっくりそのまま返してやるよ」

なけなしのプライドを振り絞って、オレは高橋を睨む。堪忍袋の緒はとうにブチ切れている。

「そんな震える声で言われても、全然効き目はねえなあ。おまけに、こっちもこんなに硬くして。男にやられて感じてるなんて、よっぽどの好きものとしか思えないな。他の奴らが知ったらどうするかな？」

その間にも、握った指がしきりに動き、どくどくという脈打ちが強く、速くなる。

このままでは、オレの意思とは関係なしに、射精させられてしまう。そうしたら、佐加井まで、オレと一緒にされる。

佐加井がオレに向けているすべては、ホストとしてオレを導くためのもの。そんな仕種や言葉に翻弄され、勘違いしそうになってるのはオレだけだ。佐加井は違う。

相手は先輩だ。多少の横暴はやむを得ないと堪えていたが、もう駄目だった。

「写真でも撮って、佐加井にでも見せてやるか？」

「こいつの後で佐加井もおびき出して、同じ目に遭わせてやればいいですよ」

「佐加井さんは関係ないだろう！」

「関係なくねえだろう？　何しろ、店のルールもわかってないお前の教育係だ。その責任はきっちり教育係に取ってもらわないと、な」

何もかも筋が通っていない。

ただ単にケチをつけたくて、佐加井を嵌《は》めるこじつけが欲しかっただけなのだ。

「下司野郎《げす》」

「なんだと？」

オレの視線に気づいた高橋が、眉を上げる。そして手が伸びてくるよりも前に、背後から羽交い締めにしている井口の手から、力任せに逃れる。

「うわ……っ」

思い切り相手の腹に肘《ひじ》を入れると、井口は呻《うめ》き声を上げてその場にひっくり返った。

「なんだ、こいつ」

軽く体をターンさせて、今度は高橋に対して構える。

「あんたらがその気なら、こっちも本気をださせてもらう」

全身が熱くなってくる。

強い心臓の音を聞きながら、目の前の敵に備える。

中学の頃までは、頭で考えるより先に手が出ていた。負けず嫌いな性格とこのルックスが災いして、喧嘩は日常茶飯事だった。おかげさまで、いまだ勝率はかなり高い。

「——やるのか？」

強気に振る舞っても、声が震えている。

「引くなら、今のうちだ」

逆にオレの方は冷静な口調で高橋に警告する。

「二対一で勝てると思ってんのか？」

「やってみたら、わかることっすよ。それに井口さんは、しばらく起きられねえからな」

「こいつ——っ」

唸《うな》りながら、高橋が突進してくる。だがあまりに動きが遅すぎる。

右ストレートを軽く避け、そのままオレの左手のフックが高橋の顔に向かう。

「うげ……っ」

顎を掠め、間髪入れず腹に右ストレートが入った。

「うああっ」

一歩、二歩と、よろめきながら高橋は後退する。だが、それで終わりにしたりしない。すぐに高橋の後を追いかけ、とどめの一発をお見舞いするべく、腰を屈めたそのとき。

「——その辺りでやめておいてもらえませんか？」

喧嘩に水を差す声に、オレを含め全員、体を強張《こわば》らせる。

ゆっくり声のする方へ顔を向けると、トイレの扉に背を預けた佐加井は、苦笑を浮かべていた。

「先輩が二人でよってたかって後輩をリンチですか？」

淡々とした口調ながら、表情からは冷淡さが感じられる。

「リンチ、なんかしてないっすよ、な、井口」

慌てて高橋は言い訳を始める。

「そうそう。奥山が一人でトイレ掃除しているから、手伝ってやろうと思ったんだ。な、奥山、そうだろう？」

なんとか起き上がった井口に同意を求められるが、オレは顔をふいと逸らした。

佐加井はオレたちの姿を眺める。

「その割りに、奥山くんの着衣《ちゃくい》が乱れているようですね。奥山くんの言い分は？」

オレは唇を噛む。

「この状態でもまだ口を開かないんですか？　まったく強情なことですね」

佐加井は肩を竦めた。

「とりあえず私の知ったところでは、制限時間内にキャッチに成功するか、互いに成功した場合は、そのお客さまのお支払いになられた金額で勝負を決するとのことでしたよね」

「てめえ、ちくったのか?」

高橋がオレに向かって怒鳴る。

「誤解のないように。奥山くんは何も言っていません。ただ、店内の他のスタッフが話しているのを、小耳に挟んだだけです。が、語るに落ちるとは、まさにこのことですね」

佐加井の言葉に高橋と井口は黙り込む。

「先ほどオーナーから、本日の一番の売り上げは、奥山くんだと聞きました。となると、賭けの勝利者は奥山くんではありませんか?」

「違いますよ。金額じゃなくて、制限時間内に先に客を連れて帰った方が勝ちだったんです。話をややこしくしないでくれませんかね?」

「そんなつもりはありません」

負けを認めようとはしない高橋の言葉にも、佐加井は特に気分を害した様子は見せない。

「だったら、部外者が口を挟まないでくれませんか? これは、俺たちと奥山の間のことです、からっ!」

佐加井に向かう高橋の手が、逆に佐加井に捕えられ、そのまま一気に反対側に捻《ひね》られた。

「うわあああ……っ」

「口で勝てないと思うと暴力に出るなんて、最低ですね」

佐加井は穏やかな笑みを浮かべ、容易に高橋の腕を捻り上げていた。

「前々から、お二人がそんなような噂をされているのは存じていました。私に文句があるのなら、私に言えばいいんですよ。とはいえ、実害がなければ放っておいても構わなかったんですが、もし本当にそうおっしゃっているだけでなく、奥山くんにとばっちりが行ったとしたら、私も部外者ではいられませんね」

佐加井の口元に笑みが刻まれる。

「違う。俺たちは別に……っ」

「それからもし私が部外者ではなかったとしても、先ほどちょっと小耳に挟んだ情報があります。高橋さんたちが連れてきたというお客さま。代金についてはお二人の奢《おご》りだと言われた、とのこと」

一瞬にして、佐加井の纏《まと》う空気が変わる。

重厚かつ張りつめた空気を、佐加井は完璧に支配していた。その証拠に、高橋と井口は、完全に狼狽《うろた》えている。

「な……にを、言って……」

「話を聞いてみたら、電話で呼ばれたから来ただけだとのことでしたよ」

「う……」

笑顔の佐加井に見つめられて、井口が絶句する。

「どういうことですか、高橋さん、井口くん。もしかしてずるをしたんですか?」

驚くほどの威圧感は、視線やほんの僅かな言葉尻から生まれている。普段の穏やかな雰囲気は、一切消え失せている。オレすら、怖いと思ってしまう。

「そんなの、知るか」

それでも高橋は思いきり手を振り払い、佐加井から逃れる。

だが虚勢を張れるのも、そこまでだった。

痛むのか、高橋は肩口に手をやった。

「今日はこのぐらいにしてやる。でもだからって調子に乗るんじゃないぞ」

捨て台詞を残してトイレから出て行こうとする高橋の腕を、佐加井は再び摑まえる。

「な……っ」

「今の台詞、そっくりそのまま、お二人にもお返ししておきましょう」

表情穏やかだからこそ、怖い。正直なところ、オレもこれまで知らなかった佐加井の表情に、背筋が冷たくなる。

「だから、何を言ってんだよ。俺たち別に何も……」

「何もなさっていないのならそれで構いません。ですが」

不敵な笑みを浮かべる。

「よく覚えておいてください。私の目は節穴《ふしあな》ではありません」

地を這《は》うような声と冷めた瞳に、さすがに高橋の顔色が変わるのを見て、佐加井は腕を解放する。

「相手が悪いです。行きましょう」

完全に萎縮《いしゅく》した井口の声に促され、高橋は逃げるようにその場から去っていく。

そして、オレと、佐加井の二人がそこに残される。

「弱い犬ほど吠えるとはよく言ったものですね」

呆れた様子で言った佐加井は扉を閉めるとオレを振り返る。その表情は、いつもの佐加井のものに戻っていた。静かな男は、怒るときも静かだ。だからといって、決して優しく怒っているわけじゃない。底の知れない怖さがあった。

「痛みますか？」

だが今こうして間近で見る佐加井の顔は、いつもとなんら変わらない。オレの瞳の奥まで見据える瞳に、心臓が不規則に鼓動する。駄目だ。やっぱりオレは変なんだろう。

「平気っす、この程度。嘗めておけば、治ります」

オレは後ずさった。このままでは、オレの心を知られてしまう。

「ひどい格好ですね」

改めてオレの格好を眺め、佐加井は眉を顰めた。

「すみません。私が原因で、貴方にとばっちりを食らわせてしまいました」

「別にそういうわけじゃないっす。オレがただ、彼らの挑発に乗っただけで……」

冷静に考えれば、あの二人がまともに勝負をするわけもなかった。キャッチすらイカサマだったとはまるで知らずにいた。それに気づかなかったオレがバカだった。それだけのことだ。

「貴方なら本気を出せば、簡単にねじ伏せられたでしょうに、良く堪えましたね」

佐加井はため息をつく。

「――わかってたんですか」

「それはもちろん」

平然と応じる。この男は、どこまで物事を見透かしているんだろうか。どこまで、オレのことを見ているのだろう。

オレは本当に単純な男だ。

こんな風なことを言われると、勘違いする。絶対に、マジで。頭の悪いオレは、それが営業スマイルだとしても、分けて考えることなどできない。

「物の考え方は人それぞれです。だからといって、彼らの言動で、貴方が傷つく必要はどこにもありません。それよりも――」

佐加井は言葉を切る。

「もしかしたら、私のことを口実に、ただ貴方にちょっかいを出したかっただけかもしれませんね」

何を言っているのかと思った次の瞬間、オレの下肢に手を伸ばしてくる。

「佐加井さん……」

他人の皮膚の感触に、背筋がぞわりと震え上がった。

「貴方の魅力は、女性相手にだけ通用するものではないようですね」

浮き上がった脈を指が辿《たど》っていく。

「何を……っ」

「貴方相手では、彼らに同情したくもなりますね」

項《うなじ》に唇が触れる。

「ちょ、と……っ」

慌てるオレのことなど気にしないように、前に回った両手が直接股間に触れてくる。

高橋とはまるで違う巧みな触れ方に、一気に熱が集まってくる。

「奥山くんは、男性にもモてたでしょう?」

耳朶《じだ》を噛みながらの声で、背中が粟立《あわだ》ってくる。心を見透かされたような気がして、慌てた。

「んなこと、ない……」

「嘘でしょう?」

先端部分に、爪を押し当てられる。

「あ……っ」

信じられないほどの感覚が、脳天まで突き抜けていき、膝ががくがく震えた。同時に萎えたものが再び硬くなっている。

「こんなに無防備なうえに、魅力的なんですから、男女問わずもててもしょうがないことでしょうが……」

「や、だ……ああ……っ」

くびれ部分を辿った指から伝わる佐加井の温もりが、快感をさらに煽る。

「こんなに感じやすいということは、溜まっているんですか？」

「違、う……」

「そんなことを言っても、真実味はないですよ」

熱い息を項にかけられると、それだけで体中にむず痒《がゆ》いものが走り抜けていく。

「私の家にいる限り、誰かを部屋に引き入れている様子はありませんが、もしかしてお客さまとどこかホテルにでも行かれていますか」

「そんな、ことしてるわけないって、あんたが、一番よく知ってるだろう！」

次から次に込み上げる快感に、声が途切れ途切れになってしまう。たまらない。こんな風にされると、頭の中がパンクしそうになる。

「確かに、おっしゃるとおりですね」

ホストになって一か月、自慰《じい》すらほとんどしていなかったが、それを辛《つら》いと思ったことはない。仕事を覚えるので毎日忙しく、正直そんな気持ちにならなかった。

遊んでいた頃、セックスの相手には事欠かなかった。セックスは嫌いじゃない。裸と裸で抱き合って、体温を分かち合うことは、好きだった。

だが、自分から積極的に相手にアプローチをかけたことはなく、どちらかといえば、性欲は淡泊《たんぱく》な方だと思っていた。

けれど今、男の指に煽られるだけで、どうしようもないほどの快感が頭の中を支配している。吐息や温もり、さらには佐加井の使っているコロンまでもが、オレを煽るのだ。気の遠くなるような痺れと甘さのせいで、奥歯ががちがち音を立てる。

駄目だ。このままじゃ、駄目だ。

「――でも、ならばなぜ、私の手でこんなにも感じているんですか?」

「オレが、知りたい……ああ……っ」

裏側を揉《も》まれて腰が跳ね上がる。

佐加井は決して、力づくでオレを抑え込んでいるわけではない。もしそうだとしても、同じ男だ。全力であがけば、大人しくやられっぱなしでいることはないだろう。

でも――逃げられない。とにかく体に、力が入らない。

オレは、欲しているのか。触ってほしいのか。

頭と体の相反する動きに、もうついていけない。

「苦しいでしょう？　このまま、達《い》ってしまうと、楽になりますよ」

掌の全体で強く扱かれる。

たとえようもなく甘美で強烈な快感が、全身を突き抜けていく。

「やめ、あ……、佐加井さん……っ」

「少しは、自惚《うぬぼ》れてもいいんでしょうか？」

項に繰り返し口づけられる。

「自惚れるって、何が……っ」

触れられた場所に植えつけられた快感の種子が、次から次に快感の芽を伸ばしていく。体内を縦横無尽に駆け巡り、理性までもを栄養として絞り尽くしてしまうのだ。

「先がべたべたで、今にも爆発しそうですよ。生理的な現象だけで、貴方みたいな人がこんなになってしまうんですか？　それとも彼らが言っていたように、好きものなんですか？」

「違……っ」

たまらず佐加井の顔を振り返ると、それに気づいて僅かに眉を上げた。

「どうしましたか？」

「あんた、いつから見てたんだ」

「何をです？」

聞いている間も、佐加井の指の動きは止まらない。

か?」

「……っ、あいつら、が……オレのことを好きものだって、言ってたのを、聞いていたの

強烈なまでの恥ずかしさに頬を染めながら、オレは絶え絶えになりつつも言葉を紡ぐ。

高橋たちがオレのことをそう言ったのは、佐加井が訪れるよりもかなり前だった。もしそれを聞いていたのだとしたら、声を掛けてくるまでの間、何をしていたのか。

「——参りましたね。この状態で、よくもそんなに冷静な態度を取れるものです」

佐加井がおかしそうに笑うたび、熱い吐息が首にかかる。

「最初から全部、見ていましたよ。何しろ貴方という人は私が見ていないと、何をしでかすかわからないから」

苦笑交じりの言葉に、頭の中が一瞬、クリアになる。

「だったら、なんで、もっと早く助け、ないんだ、よ……」

これまでになく強烈な感覚が押し寄せてくる。根元から先端まで濁流《だくりゅう》が溢れ、小刻みに震えながらそこにある佐加井の指を僅かに濡らす。膝が震え、腰が揺れる。

達するぎりぎりのところで、オレは佐加井を振り返る。醜態を晒したくなくて——佐加井の前で、情けないところを見せたくなくて。

でも、がくがくと腰が揺れる。限界はもう、すぐ目の前まで訪れている。

「それは貴方がどんな対応をするのか、見定めたかったからです」

心の琴線を揺らす言葉とともに、先を強く扱かれた瞬間——。

「や……あああ……っ」

集まっていた熱が、一気に溢れ出し、飛び散っていく。

全身が大きく震える。恥ずかしさも、もどかしさも、何もかもが解き放たれ、頭の中が真っ白になる。

セックスのときよりも遥かに深く、淫《みだ》らな感覚が足の爪先まで広がっていく。

腰が解放され、そのまま力の入らない体は、情けなくも地面に落ちた。

「若い証拠ですね」

激しい羞恥《しゅうち》に襲われるオレに向かって、佐加井は淡々と言う。

「……どういうつもりですか」

両手を床に突いた状態で、顔だけ上げる。

「どういうつもりだと思いますか？」

疑問に疑問で返されて、オレはぐっと息を呑む。口で勝てるわけがないのだ。

振り返ったオレの目に、濡れた手を嘗める佐加井の赤い舌が飛び込んでくる。淫らで、思わせぶりなその表情に、たった今達したばかりの体がまた熱くなる。勝てないのは、口だけではないのかもしれない。

こんな状態で疑問を投げかけられても、何ひとつ答えられない。

「先ほども申し上げました通り、今日の売り上げのトップは、奥山くん、貴方でした」

「それがなんだよ……」

悔しまぎれに返すオレに、佐加井は何事もなかったかのように、ジャケットのポケットから取り出したハンカチで手を拭う。

「本日のお客さまは、貴方をナンバーワンにしたいとおっしゃっていたそうですね」

なんでそんな話まで知っているのか。

「それはその場のノリで……」

「その場のノリで、ドンペリのピンクを二本も注文されるものですか？」

「それは……」

「さらに、ワインはペトリュスを注文され、レミーのボトルキープをしています」

歌舞伎町は初めてだったらしいが、名古屋の方では、有名なホストクラブの常連で、落とす金額も落としているらしい。

彼女は仕事の本拠地を新宿に移したため、これからは頻繁《ひんぱん》に店に通うと約束してくれた。オレはいつものノリで適当に流したものの、彼女が嘘を言っていないことぐらいわかった。

「彼女だけではありません。この先、数多くの女性たちが、貴方のために店に訪れ、巨額を貢いでいくことになります。その覚悟が貴方にはありますか？」

「覚悟……っすか？」

オレの言葉に佐加井は頷く。

「前にもお話をしました。ホストとはどんな職業か。ただ単に、女たちにちやほやされるのではない、本当のホストの仕事を理解していなければ、やっていけません。中でもナンバーワンになるには、生半可な覚悟ではいられません」

ナンバーワン――浮《うわ》ついた言葉ではなく、確かな重さをもって認識する。

「遊びでやっていて成り立つものでもありません。一度客となった人をまた店に足を運ばせるのも、貴方次第。二度と訪れなくするのも、貴方次第――相手を心の底から気持ちよくさせ、快よくお金を払っていただく。そのことの本当の意味を貴方は知ることになります」

いつになく厳しい口調で言い放つ佐加井の顔を、オレはじっと見つめる。

佐加井の顔は、ナンバーワンの顔になっている。

「以上、教育係として最後の言葉です」

「……っ、それはどういうことですか」

オレは慌てて立ち上がる。

「言葉通りです。もう貴方に私の教えることはありません」

「そんなことないです。オレはまだようやくホストがどんなものか模索し始めたところです。まだまだ新人で、佐加井さんに教えてもらいたいことが沢山あります」

必死になって言う自分の言葉が、どこまで本当でどこまで嘘かわからなくなっている。

「――そうですね」

佐加井はおもむろに笑う。

「そんなだらしない格好で頼み事をするようでは、礼儀作法を一から教え直さねばなりませんね」

「あ……っ」

今さらながらに自分の格好に気づいて、オレは急いでファスナーを上げる。

今度はさっきみたいにもたもたして、佐加井につけいる隙を与えてはならない。

急いで下半身を整えると、改めて佐加井に対峙《たいじ》する。

「佐加井さん。オレ……」

「別に意地悪をしているわけじゃありませんよ。ただお客さまを持った段階で、もう人に教えられる立場じゃいられない、ということです。夢を見る立場ではなく、見せる立場なんですよ」

オレの心臓が大きく鼓動する。

「でも、これまでだって、指名は何人か……」

「それは私のヘルプに入って得た客でしょう?」

高橋たちの指摘と同じ言葉に、戸惑いを覚える。

「要するに、オレの客じゃないってことですか?」

「いいえ。もちろん、そういった形のお客さまも必要です。ですが、今日のような形で得たお客さまとは若干意味合いが異なっています。さらにナンバーワンになろうとする敵に塩を贈れるほど、私は懐《ふところ》の広い男ではありませんから」

冗談交じりに言ってはいても、佐加井の言葉のすべてが嘘なわけではない。

事実、オレがナンバーワンになれば、現ナンバーワンである佐加井がその座から引きずり落とされることになる。

今日の売り上げも、オレがトップということは、佐加井は二位かそれ以下ということだ。

一体どんな気持ちでオレに接してくれているのか。考えたら申し訳なくなる。

「——すみません」

「謝ることではありません。むしろ、自慢すべきでしょう？　それに先ほどお話したように、貴方はもう十分、学ばねばならないことは覚えました。そしてこれからはきっと、お客さまのお相手で、時間の余裕もなくなってきます。あとは、自分自身でどう生かしていくかです」

「オレ自身が……」

確かに今でも、佐加井は毎日忙しく働いている。そんな合間を縫《ぬ》って、オレに指導をしてくれていたのだ。

そう——結局はそういうことだ。

オレは佐加井にとって、教え子に過ぎない。そして、ライバルになりうる。客でなく、同じ店で働くホストである以上、オレは佐加井に夢を見せてもらう立場にない。つまり、そんな佐加井相手に本気になったらオレの負けだ。キスにしても今のことにしても、佐加井にしてみたら、大した意味もない。

「私の教えたことをそのままの形でなぞる必要はありません。貴方なりに解釈し、変化させることこそ、個性に繋がります。根底にはお客さまのために、お客さまに夢を見させるために、その上で、どれだけ上を目指せるか頑張ってみてください」

佐加井の言葉を必死に頭に叩き込む。

すべてを理解しているわけではない。だが、手向《たむ》けの言葉であることは間違いない。

オレは必死に自分の中で気持ちを切り替える。佐加井を見て昂揚した気持ちや動揺した想いはすべて、オレが客に対し抱かせるべきものなのだ、と。

「わかりました。オレなりに、頑張ってみます」

「力強い返事です」

佐加井はこれまでに見たことがないほど、嬉しそうに笑う。目尻を下げ、蕩《とろ》けそうなその表情にオレは思わず見惚れてしまう。

「――あ」

だが、ふと重要なことに気づく。

「どうしました?」

「オレ、家を出ないといけないのかな」

「どうしてですか？」

不思議そうに、佐加井は首を傾げる。

「佐加井さんに指導をしてもらうからってことで、あのマンションに居候させてもらっていたんですよね？　もう教えてもらえないなら、寮にでも入らないと……」

「そういえばそんなことを言っていましたねえ」

佐加井はどこか他人事だ。

「そういえばって……」

「でも、高橋さんたちの様子を見るからに、今さら寮に入ったところで、嫌な目に遭うだけでしょう」

高橋や井口は、寮生活を送っているらしい。その言葉に、思わず眉間に皺が寄ってしまう。

「でも、仕方ないです。オレさえしっかりしていれば、大丈夫ですよ」

「今日みたいなことがあっても、ですか？」

「――佐加井さん、意地悪ですね」

そんなことは覚悟の上だ。だが佐加井から言われてしまうと、プレッシャーがのし掛かってくる。恨みがましい気持ちで上目遣いに睨みつけると、「そんなことありませんよ」と佐加井は笑う。

「私は本気で貴方を心配しているんです。それに私は、貴方さえ嫌でなければ、部屋も余っていますし、このまま住み続けてもらっても全然構わないと思っています」

「ホント、ですか？」

ドキンと心臓が鼓動する。

「もちろん。ただ、貴方がナンバーワンになったときには、改めて考えますけれども」

ほんの少しおどけた佐加井の口調で、オレの気分も浮上してくる。

「オレにナンバーワンになりたくないのかって聞いたくせに、そんなこと言うんですか？」

恨みがましくオレが言うと、佐加井は肩を竦めた。

「そんなこと、言いましたか？」

「かー、これだから、困るよな！」

素直に反応してから、オレは佐加井の顔をじっと見つめる。

「まだ、何か？」

気持ち瞼《まぶた》を伏せるだけで、やけに艶めいた表情になる。開き直ったつもりでも、こんな顔にドキドキさせられてしまう。

「さっき、自惚れるとかなんとか言ってたけど、あれはどういう意味、かと思って……」

正直に聞いてみる。

「ああ、あれですか」

佐加井は一瞬眉を顰めながら、すぐに笑顔になる。

「自分のことをなんと言われようとも堪えていた貴方が、私のことを言われた瞬間に、爆発していたでしょう？　だから、さんざん厳しく指導してきたけれど、少しは認めてもらえていたのかと思いまして」

「そんな、当然っすよ。前から言ってますけど、オレ、佐加井さんに会って、ホストってものを見直したんです」

オレは真剣に語る。

「そうだったんですか？」

「ちゃらんぽらんにやってるわけじゃなくて、佐加井さんはプライドを持ってる。プロ意識は高いし、実際、高い金を払っても満足出来るだけのサービスをしている。オレは頭悪いから、まだ佐加井さんの教えてくれたことの半分も理解できてないっすけど、でも、マジで尊敬しています」

熱くなったことに、自分でも恥ずかしくなる。佐加井は少しだけ儚い笑みを見せる。

「――尊敬してくれているわりには、今ひとつ言葉遣いが直らないのはなぜなんでしょうね？」

「……、それは、オレの個性ってことで」

気が抜けると、つい口調が戻ってしまう。

「個性ですか」

「そうです。個性です」

胸を張って言ってはみたものの、すぐに我慢の限界が訪れる。プッとオレが噴き出してしまうと、つられるようにして佐加井も笑う。

二人して腹を抱えて、大声を上げげた。ホストになって初めて、これほどまでに笑ったというほどに、オレは笑った。

佐加井が心底笑っているのが嬉しかったのと、その佐加井に一人前として認めてもらえたことが、嬉しかった。

一人の男として、オレは佐加井に認めてもらいたい。

佐加井にも夢を見せられるように——心の中のわだかまりにはすべて目を瞑《つぶ》ることにして、オレはそう決意する。

ようやく一歩前に、足を踏み出せたような気がしたのだ。

4

「瑞樹。明日、楽しみにしていなさい」

水割りを作っていたオレの腕に細い指を添えてくるのは、初めてのキャッチで店に来てくれた女性——住野由紀だ。

「明日？　なんかありましたっけ？」

「もしかして忘れてる？」

由紀は明らさまに眉間に皺を寄せる。

「奥山さん、自分の誕生日ですよ」

水割りを作っていたヘルプの松木《まつき》というホストが、ひそひそと耳打ちしてくる。

「あ、そっか。忘れてた」

「やだなー。マジで忘れていたの？」

同席していた女性が驚きの声を上げ、その横で由紀がため息をついた。

「マジマジ。そういや、そうだ」

「困ったわね、この子は」

由紀は呆れた声を出す。

初めて会ったときの言葉通り、由紀はオレをナンバーワンにするべく、仲間の女性を大勢連れて店に来てくれた。さらに彼女の仲間だけではなく、飛び込み客からの指名も増え、着実に売り上げも上がっている。

入店して二か月目となった先月の売り上げは、なんと三位。オレの上には、ナンバーワンである佐加井と、三年目になる、三十後半のベテランホストがいるのみとなっていた。

周囲はもちろん、オレもその結果に驚いた。

でもナンバースリーに入ったところで、一度で終わるかもしれない。

そのせいか、高橋や井口を初めとする他のホストからは、懲《こ》りずにいまだ何かと言われている。だが同時に、オレや佐加井のことを慕ってくるスタッフが増えてきてもいる。松木はオレより後から入ってきた新人で、今はよく、ヘルプに入ってくれている。

「誕生日月だから、今月こそナンバーワンになれるんじゃない？」

「それはどうかなあ。やっぱり佐加井さんは強敵っすから」

由紀が煙草を取り出すのを見て、オレはライターを向ける。

「その佐加井さん、今月はお休みが多いらしいわね。何かあったの？」

「ただ単にお休みしてるだけじゃないかな？」

おかげさまでオレもそこそこ忙しくなり、店の営業時間の前後、同伴やアフターのつき合いで、家にいる時間は格段に短くなった。佐加井は元々忙しいため、同じマンションに暮らしていても、二週間以上、顔すら合わせていなかった。

佐加井がオレの教育をやめたのも、こういう理由があったからかもしれない。佐加井は、ナンバーワンで、オレより忙しいはずだ。それなのにどうやって、オレに教育をする時間を作っていたのか、不思議になる。

でも――顔を合わせていないことで、ほっとしている部分もある。

高橋たちの一件の際、成り行きとはいえ、オレは佐加井に、イかされてしまった。

あの場では、佐加井がオレの教育係をやめるという話の方が重要だった。だが、マンションの部屋に戻ってから、佐加井の指の感触や耳元で囁かれた声が蘇ってきてしまった。

神に誓って言うが、オレはこれまで、冗談でも男とマスをかきあったことはない。ルックスゆえ、男に言い寄られたり、チカンに遭ったことはあるから余計、考えられなかった。正直、男相手に欲情する人間の気持ちがわからなかった。

高橋や井口相手のときは、同じだった。生理的な現象で勃起《ぼっき》させられてはいても、心までは引きずられなかった。

それなのに――佐加井に対して抱いているオレの感情は、変だ。前々から感じてはいたものの、下肢に直接触られたとき、それはピークに達した。

驚きはあったものの、嫌悪は生まれなかった。そしてこともあろうに、囁きや項に触れる唇の熱さに煽られたのだ。

佐加井の、ホストとしての魔力みたいなものに、客と同じでオレも翻弄されているだけだ。そう思おうとしたが、しばらくは、思い出すたびにいたたまれない気持ちになってしまった。他の人に、いや、佐加井にそんなオレの気持ちを知られるのが怖かった。だから、それを忘れるため、佐加井と顔を合わせないため、必死に仕事をしていた——のだ。

「——って、本当なの？」

腕を引っ張られる感覚に、オレは由紀に顔を向ける。

「ごめん。聞いてなかった。何？」

「佐加井さんのマンションに居候をしているって、本当なの？」

「なんで知ってるの？」

首を傾げたオレの様子を見て、松木が視線を逸らす。

「プライバシー侵害だ」

「すみません、すみません」

謝る松木の首を、猫のように後ろから掴む。そこが弱いとわかっていてわざと擽《くすぐ》ると、その場で松木は悶《もだ》えた。

「松木くんが悪いんじゃないの。私たちがしつこく聞くから、しょうがなく話してくれたの」

由紀の友人が松木を庇う。

「他の新人ホストさんは寮住まいなんでしょう？　それなのになんで瑞樹だけ佐加井さんと暮

らしてるの？」

ちらりと横目で由紀に睨まれる。

「他のホストも、寮って言っても普通のマンションで、同居してるだけっすよ？」

心を見透かしたかのような言葉に、内心オレはひやひやする。

「ただオレの場合、たまたま佐加井さんが教育係になって、忙しい人で時間がないからってことで、佐加井さんのマンションに転がり込んだだけの話」

「ということは、佐加井さんのマンションは、会社のものではないのね？」

「た――ぶん」

「賃貸？　分譲？」

「わからない。聞いたことないし」

分譲にせよ賃貸にせよ、超のつく高級マンションに変わりはない。

「家賃は？　佐加井さんに払ってないの？」

責めるような由紀の口調に、オレはいたたまれない気持ちになる。

「――しょうがないわね。ずいぶん、佐加井さんに甘やかされているってことだわ」

長くなった灰を、苛々した様子で灰皿に落とす。その言葉に、顔が熱くなる。

「そんなことないっすよ」

「そうそう。ホストの間でも、佐加井さんと奥山さんのことは、噂になってて」

「松木！」

余計なことを言い出す後輩を、オレは一喝する。

「その佐加井さんだけど、どこかのお偉いさんから、新しい店を持たせてやるって話が出てるんでしょう？」

「──何、それ」

寝耳に水の話に、オレは目を丸くする。同時に心臓が強く鼓動する。

「私も聞いたわ。ただ場所は歌舞伎町じゃなくて、六本木だとか……」

「嘘だ」

オレはその話を途中で遮《さえぎ》る。

どうしようもなく、イヤな感じがした。

「やだ、端樹。そんな怖い顔しないで……」

宥めようとする由紀の声も耳に入らない。

「そんな、佐加井さんが店を辞めるなんて、オレ、聞いてない！」

「私がなんでしょう？」

勢い余って立ち上がったオレの背後から、突然に耳に馴染《なじ》む艶のあるテノールの声が聞こえてくる。すっと隣に人の立つ気配と漂うコロンの甘い香りに、軽い目眩を覚えた。

「あら、佐加井さん。お忙しいナンバーワン様は、そろそろ独立でもするんじゃないのかって噂していたところ」

　由紀は笑顔を見せつつ、嫌味な言葉を平然と佐加井に放つ。

「そんな滅相《めっそう》もない。まだ私は、クラブシックスの、ナンバーワンでいたいつもりなのですが。ところで、お邪魔でしたでしょうか？」

　いつもと変わらぬ笑顔を見せる佐加井は、右の手に赤ワインのフルボトルを持ち、左の手でオレの肩を叩いてくる。

　横目でオレの顔を窺うと、視線で座るように促してくる。佐加井の顔を見ると、どうしようもなく落ち着かない気持ちになってしまう。

「もちろん、歓迎しますよ。瑞樹も座って、みんなで乾杯しましょう。佐加井さんの奢りで」

　由紀の言葉に、オレは仕方なしに一度腰を下ろす。

「いいですよ。デキャンタとグラス、用意してもらえますか？」

「じゃ、オレが」

　立ち上がろうとするオレの腕を摑まえる。

「駄目ですよ。貴方はお客さまのお相手をしていてください。こういうときは、新人に頼むものですよ。松木くん、お願いします」

「すぐに持ってきます」

　握られた場所から、佐加井の温もりが伝わってくる。それだけで、オレの全身は総毛立つ。

思い出すのはオレに触れた佐加井の指。そうだ。指さえ見なければなんとかなるはずだ。

オレは必死に自分自身に言い聞かせた。

佐加井は椅子に腰を下ろすと、グラスを待っている間に、ポケットの中からソムリエナイフを取り出した。

「マルゴーですが、お好みに合いますでしょうか？」

「もちろん」

由紀も笑顔になる。

佐加井の持ってきたものはシャトーマルゴーの、一九八〇年物。五大シャトーと呼ばれる、フランス産赤ワインの最高級品だ。

「では……」

佐加井はナイフを使ってキャップ部分を外すと、コルク部分にスクリューを手際よく刺していく。その鮮やかな動きに見惚れ、気づけばオレは佐加井の指を見つめている。久しぶりに見るせいか、何もかもが新鮮で完璧に思えてしまう。

慌てて視線を逸らそうと思ったが、遅かった。実にスムーズにコルクを抜き、香りを確認する様まで、凝視《ぎょうし》してしまった。

そのタイミングで、松木はワゴンでデキャンタとグラスを運んでくる。

佐加井はソムリエよろしく澱《おり》が入らないようデキャンタに赤ワインを移し、色と香りを確認するとひとつのグラスに少しだけワインを注ぎ、味を確認する。

小さく頷いたということは、とりあえず佐加井の及第点は出たということ。

その、艶やかかつ完璧な一連の動作に、そのテーブルにいたすべての人の視線が、佐加井に注がれていた。まさに、佐加井自身が極上品だ。

「テイスティングはいかがされますか」

その言葉で、現実に引き戻される。

「由紀さんがされますか?」

「いえ、瑞樹くんに」

珍しく、由紀も頬を染めて佐加井から視線を逸らす。

「佐加井さんが確認してくださっているんだから、それで十分じゃないですか」

「そう言わず、お客さまのご指名ですから、私の教育の賜《たまもの》を披露してください」

教育の賜——咄嗟に頭に浮かぶのは、キスをされたときのことだ。舌に残る感覚に、情けなくも体の芯が熱くなる。

佐加井はそんなオレの反応には気づかないように、自分の使っていたグラスを前に置くと、すっと指の先で縁《ふち》を辿り、テイスティング分を注ぐ。

みんなの視線がオレに向けられている。唯一オレだけは、佐加井を見つめている。

「披露って言われても……」

「味を教えてくだされればいいんですよ」

にっこりと佐加井は微笑む。この「にっこり」がくせ者だ。

何しろ「味を教える」ことが、どれだけ難しいか佐加井は知っている。それでいて、オレにテイスティングしろと言うのだから、まったくタチが悪い。

だが、この場で尾っぽを丸めて逃げ出すわけにはいかない。

オレはもう、単なる新人ではない。そのことを改めて思い出す。

このテーブルではオレが一番だ。

そのオレをナンバーワンにしようと、足繁《あししげ》く通ってくれる客もいる。

その客の手前、恥ずかしい真似《まね》はできない。金を払って良かった、一緒にいてよかった——そう思わせるのが、ホストであるオレの仕事だ。

すべては佐加井のお膳立てだ。用意された舞台で、オレは主役を演じ切らねばならない。

覚悟を決めて、グラスを手にすると、佐加井の唇の跡を意識しないようにして、まず軽く香りを嗅ぐ。

最初に感じたのは、蜜のような甘さ。

「——甘く、華やかな香りです」

次にグラスを回し、空気を含ませる。佐加井の教えてくれた舌の中央で、ゆっくり味わう。

二十年以上の時間を経たワインは、本来は抜栓《ばっせん》したあと、十分空気に触れさせてから飲んだ

方が美味しいと言われる。だがこのワインは、今の段階でたっぷりその魅力を発揮している。

「柔らかい、ですね。果実味が凝縮されていてなんとも心地よい」

シャトーマルゴーは元々、女性的な柔らかさを持つと言われている。

しかし出来上がってから時間を経ていない場合は違う。

酸味、苦みともに強く、どちらかといえば、男性的な味わいだと称する人が多い。

実際、オレも佐加井のヘルプに入った際、五年ぐらい前に作られたマルゴーを飲んでそう思った。渋いし苦い。強《し》いて言えば美味いかもしれないが、どうしてこれが女性的なのかと疑問に思った。

だがそれも、今こうして熟成されたマルゴーを味わうと、納得できる。

酸味、苦味ともに綺麗に角が取れ、アルコール分と果実味とが溶け合い、丸いイメージが生まれている。ふくよかで深みのある味わいは、ボルドーの女王と呼ばれるのも頷ける。

香りだけではない、味もだ。どこか佐加井のような——佐加井は女性ではないのだが、オレの中で重なる。そんなこと、佐加井が知ったら、笑うかも知れないが。

「まろやかで、優しい——芳醇なジャムのようでいて、甘ったるさはありません」

「だそうですよ、皆さん」

佐加井が話をそこで切る。気づけば、うっとりとした視線が向けられている。オレにきついことを言いがちな由紀でさえも。

ちらりと視線を向けると、佐加井は満足そうに頷く。なんだかそれが嬉しい。

佐加井に教わった色々な事柄の中で、唯一オレが自信を持てるのが、テイスティングだった。

それがわかっていて、佐加井はオレに花を持たせてくれた。

オレはオレの役割を果たしたということだ。

細やかな達成感に満たされながら全員分のグラスに注ぎ入れ、乾杯をすることになった。

「何に乾杯しましょうか。やはり、由紀さんの美貌ですか?」

「やめてくれないかしら」

佐加井の歯の浮きそうな台詞に、由紀は嫌そうに顔をふいと横に向ける。

「瑞樹の、誕生日前祝いってのは、どう?」

「——誕生日?」

驚いたように、佐加井が声を上げる。

「なんですか?」

「明日っすよ」

確認されて、オレは照れくささに、鼻の下を擦《こす》る。

「誕生日、ですか。二十四歳になるんでしたよね?」

「え?　そうなの?」

今度は由紀が驚きの声を上げる。

「もっと若いと思ってましたか?」

「逆。上だと思ってた。参ったわ。十歳も違うなんて」

「由紀さん、三十四歳なんですか?」

今度はオレが驚く。正確な年齢は知らずにいたのだ。

「大きな声で言わないでよ」

「女性の年齢を言うのは、失礼ですよ」

同時に、由紀と佐加井から、責められる。ホストクラブは夢の世界。実年齢など、どうでもいいことだった。

「すいません」

深く頭を下げる。

「まったく、佐加井さん、教育がなってないんじゃないの?」

ちくりと由紀が棘を刺す。

「おっしゃるとおりです。言葉遣いも教えたはずなのに、まるでその面影《おもかげ》もありません」

大袈裟なほど、佐加井は項垂《うなだ》れる。その様子にオレは慌てる。

「違いますよ、由紀さん。佐加井さんは、すごく丁寧に教えてくれました。オレが頭悪いんで、それを活《い》かせてないだけです」

真剣に訴えるオレの顔を眺め、由紀と佐加井は互いを見つめ、同時に苦笑する。

「なんですか、二人して」

「いえ、なんでも。こちらの話です。ね、由紀さん」

首を傾げると、さらりと髪が音を立てながら揺れる。

微かに漂うのは、煙草とコロンの香り——この香りに浸っていたいと思わされる。

「そうそう。お子様には関係ない話」

「やっぱりオレの話ですか？　そんな、隠さないで言ってくださいよ。ね、佐加井さん」

「お子様って言われて否定しないの？　まったく、イヤな子」

「痛い。何するんですか」

由紀に思い切り抓られる。

「仲が良ろしいところ申し訳ありません。私はそろそろ他の席を回らないといけませんので、これで失礼します。ごゆっくりどうぞ」

「佐加井さん、逃げるんですか？」

咄嗟にオレは佐加井のスーツの裾を握る。それを見て、佐加井は破顔《はがん》する。その顔を目にして、もう一度胸の奥が熱くなる。

蘇るのは、あの日の佐加井の指の熱さ——そして、声。どうしても、頭から離れてくれない。

「——私の方からは、逃げたりしませんよ」

穏やかな笑みに、オレは突然、本当に自分が小さな子どもにでもなったような気持ちになってしまう。佐加井と比べたら、本当にオレはガキだ。急激に押し寄せてくる羞恥に、オレは咄嗟に指を離し、俯いた。

オレの様子を見て佐加井は再度挨拶をすると、他のテーブルへ向かった。

「やっぱり佐加井さんって、素敵ね」

テーブルにいる女性が、しみじみ感想を述べる。

「優雅って言うのかな。綺麗だし、上品だし、見ていてすごく幸せになるわね」

「佐加井さんの指名客って、大企業の社長さんが多いんでしょう？　男性も何人もいるって、この間雑誌で見たわ」

いつもなら、この会話にオレも参加するところだ。だが、今日はなぜか上辺《うわべ》だけを撫でていく感じがする。

「何、捨て犬みたいな顔をしてるの？」

由紀の声で、オレは顔をそちらに向ける。

「──そんな顔、してた？」

「そろそろ、親離れしないとね。佐加井さんも、呆れていたじゃない」

「そうかな……」

改めて由紀に指摘されると、無意識だからこそ、落ち込んでしまう。

「というわけで、決めたわ。貴方の今年の誕生日に、マンションをプレゼントしてあげる」

「ちょっと、由紀、本気？」

突然の宣言に、その場にいた誰もが驚いた。

「当然、本気」

由紀は新しい煙草を取り出す。だが、オレはぼんやりしていて、すぐに反応できず、松木が慌ててライターを用意していた。

「こんな火さえまともに用意できないような男に、そんなに貢《みつ》いでどうするの？」

「そういうあんただって、瑞樹に貢いでるでしょ？」

由紀の反論に、相手は黙り込む。

「瑞樹がナンバーワンになるためには、佐加井さんから引き離さなくちゃ駄目よ。今のままでは、ずっと佐加井さんを崇《あが》めたままで、貪欲《どんよく》な気持ちになってくれないもの。そうでしょう、瑞樹」

ふっと煙を吹きかけられる。オレはその煙から逃げることなく、小さな声で応じる。

「――崇めてるつもりはないけど」

「でも佐加井さんがナンバーワンなのは当たり前と思っているでしょう？」

「そりゃ、もちろん」

間髪入れず、頷く。

「オレなんてまだまだ敵うわけねえよなって、心底思ってる」

指名が増えてきても、佐加井とは比べ物にならない。やはり佐加井は目標なのだ。だがオレのその返事が、由紀は気に食わなかったらしい。

「佐加井さんのことはおいておいて、瑞樹は、何か言いたいことないの？　マンションのことで、嬉しいとか嬉しくないとか。そんなもの、プレゼントされたら、一生私から離れられないかもしれないわよ？」

「由紀さんは、そんなことする人じゃないから」

オレの言葉に、由紀は一瞬、絶句する。その理由がわからないオレはさらに言葉を続ける。

「それに、もしそうだとしても、オレ、いいっすよ」

小さなどよめきが起きる。

「そうなの？」

疑心暗鬼な視線を向けられる。

「由紀さんだったら、オレがホストやめても見捨てたりしないだろうし、会社で雇ってくれそうだから」

でも一瞬にして、落胆の空気が広がる。

「――由紀、思い直すなら、今のうち」

「そうね。私もちょっと、そんな気分になった」

ため息混じりの会話の理由がわからない。

「え、オレ、なんか変なこと言った？」

オレは訳がわからず、首を傾げる。正直な気持ちを口にしただけなのだが、何がいけないというのか。オレは由紀を信頼している。その気持ちに嘘はない。

「貴方の中には、私と結婚するとか、そういう意識はないわけね」

「ないっすよ。でもそれは、由紀さんだって同じでしょう？」

由紀はしばし唖然《あぜん》とした様子でオレの顔を見つめ、それから力無くソファにもたれかかった。

「なんか、力抜けた」

「どうして？」

その後、何度オレが聞いても、由紀は「力の抜けた」理由を教えてくれようとはしなかった。特段機嫌が悪かったわけではない。むしろ、いつもより機嫌が良かったぐらいだろう。だがオレにはその理由が見えてこない。


閉店後、由紀にアフターに誘われて、オレは素直に従った。

訪れたバーで、由紀はオレが聞くよりも先に自分から口を開いた。

「なんで私が貴方と結婚するつもりがないと思ったの？」

真顔で由紀に問われる。

「明確な理由はないっすよ」

店を離れると、緊張感が緩まると同時に、言葉遣いも砕けてしまう。

「それでいいわ。だから教えて」

オレたちは、カウンターで隣り合わせて座った。

「由紀さんは、オレをナンバーワンにするために、店に来てくれる。もちろん、それはオレのことを好きだと思う気持ちがあるからだ。でも、それは、恋愛とは違う。由紀さんにとってオレは、ファッションの一部で、ステイタスの象徴なんだろうと思ってた。オレを一番にすることが、由紀さん自身の価値も高める」

決して自虐《じぎゃく》的な意味ではなく、オレはそう思っていた。

マンションの話も、由紀の隣に立つ男として、他人の家に居候しているのは格好がつかない。ちょうどいい物件があるから住まないか、と言っている程度のものだと思っていた。

居心地の悪いものではない。冷静な目で見てもらえるのは、ありがたいことだった。

「見ていないようでいて、見てるのね」

由紀は否定することなく、苦笑を漏らす。

「私はそうだとしても、瑞樹は、私に恋をしていないの？」

「──してない」

即答すると、微かに由紀の表情が曇《くも》る。相手が由紀だから嘘はつきたくなかった。

「でも、嫌いなわけじゃないのね？」

「オレ、由紀さんのこと、好きだよ」

由紀とは何度か、ホテルに行った。

セックスの相手として、悪くはない。

「でも、手が触れるだけでどきどきするような好きとは違う」

由紀に限った話ではない。これまでつき合ってきたどんな相手も、そんな感覚をオレに与えてはくれなかった。

オレの言葉に、由紀はぽかんとした顔を見せる。

「やけに具体的よね。もしかして、そういう相手がいるの？」

「え」

突然に核心をつく言葉に、はっとさせられる。

手が触れるだけでどきどきするような感覚には覚えがある。でもそれは、オレだけが一方的に思っているものだ。

「なんか懐かしいな。私ももうちょっと若い頃には、そういう感覚を知ってたはずなのに」

由紀の言葉で、さらにはっとする。どう考えても、変だ。あえて追求しないようにしてきたが、もう限界まできていたかもしれない。

「どっか悪いんじゃないのか、オレ」

オレの言葉で由紀は目を丸くする。

「——どっか悪いのは、あんたの頭」

それから苦笑を漏らして、オレの額を指で弾く。それも、思い切り。

「ひでー」

「瑞樹は、中学生ぐらいに遡って、情操教育のやり直ししてもらってこないと駄目なんじゃない？」

「ジョウソウキョウイクって何？」

マジマジと由紀の顔を眺める。すると彼女は眉尻を下げ、優しい笑顔を見せた。

「どこか悪いとしたら、確かに悪いわ。恋も病《やまい》のひとつだから」

「恋——」

「そう恋よ」

突然。脳裏に一人の顔が浮かぶ。

もしオレが今抱いている気持ちが恋だとしたら、とんでもないことになる気がする——。


マンションまではタクシーで由紀に送ってもらった。情けないことに、泥酔《でいすい》気味だったのだ。

「すみません、由紀さん……オレ」

「今日は誕生日なんだから、絶対に休んだら駄目だからね。まったく」

由紀は怒るどころか、笑っていた。

「マンションのこと。本気だから、考えてみて。プレゼントだと重いって言うなら、借りるぐらいの軽い気持ちでもいい。今晩、即答しなくてもいい。ただいずれにせよ、佐加井さんだって、独身の男。いつまでも貴方を居候させておくわけにはいかない。それは、わかってるでしょう?」

「……わかってる」

佐加井は住んでいて構わないと言ってくれた。だがそれは、永遠に、というものではない。教育係を終えたからといって、すぐに出て行けという意味ではなかっただけのことだ。

それを勝手に、自分に都合のいいように解釈していたのは自分だ。

「私もすぐになんて言わない。だから、よく考えてみて」

「ありがとう」

呂律《ろれつ》の回らない口で、それでもなんとか礼を言う。

オレは走っていくタクシーが見えなくなるまで、ずっと見送った。

それからマンションのエントランスへ向かうが、やけに遠く感じられる。おまけに、朝の日射しが酔っぱらいの身には辛い。

酒には強い方だと自負していたのだが、今日は失態だ。

「駄目だ……このまま、ここで寝ちゃおうかなあ……」

こんな風に酔いが回った理由のひとつは、由紀の驚くべきプレゼントの話のせいだ。

由紀がオレにマンションをプレゼントしたいという気持ちはわかった。彼女にそれだけの財力があるのも知っている。けれど、それで本当に由紀の話に乗っていいものなのか。

店での会話とは違う。

オレの由紀に対する気持ちも、由紀のオレに対する気持ちも互いにわかっている。だから余計に、躊躇《ちゅうちょ》してしまう。

由紀と結婚できるのであれば、開き直ることも可能だ。だが、それは無理だ。由紀もわかっている。大体、オレと結婚したくて、プレゼントすると言っているわけではない。

そして、もうひとつ——酔いの大半は、こっちのせいだ。

大理石の縁石《えんせき》に横になると、ひんやりとした感覚が、なんとも心地よい。

ビルとビルの間から覗く狭い空から、朝の日射しが見えた。

由紀と話をしているうちに、自覚していなかった事実を自覚してしまった。

オレが佐加井に対し抱いている感情——信じられないことなのだが、その感情は、恋愛に近い、らしい。

前からうすうす気づいていた。佐加井の見せるホストとしての技のすべてに、オレは客たちと一緒に魅せられてしまったのだ。

でも夢のはずだった。佐加井にとって本気ではない以上、オレも夢として自分の中で消化してしまえるはずだった。

でも――。

「こんなところで、お休みですか？」

甘いコロンの香り。そして眩しく瞬く存在が、オレの視界を埋め尽くす。

「由紀さんと一緒に飲みに行かれたと聞いていましたが、飲みすぎましたか？」

「佐加井さん……？」

「そうですよ」

オレの問いに、怪訝《けげん》な顔を見せる。

「なんで佐加井さんが、こんな場所にいるんだ？　佐加井さんは、部屋で寝ているはずなのに」

夢見心地で尋ねる。

「私も今日は久しぶりに、少しだけお客さまにおつき合いしてきたんです。それが終わって戻ってきたら、貴方がここに寝転がっていたんですが……」

「そっかー、佐加井さんは二人いたのか」

「かなり酔ってますね」

苦笑混じりに眉を顰める佐加井の肩を、オレはぽんぽんと叩く。

「酔ってますよー」

「強い貴方が酔うからには、相当飲んだということでしょう。とりあえず、寝るのなら部屋で寝てください。肩を貸しますから、腕を回してください。そのぐらいできるでしょう?」

「できますよー」

促されるままに、オレは自分の腕を佐加井の肩に回す。そして佐加井が立ち上がるのに合わせ、膝に力を入れた。

が、がくりと力が抜ける。

「……大丈夫ですか?」

へなへなと、体が地面に落ちていく。そんなオレの顔を、佐加井は心配そうに覗いてくる。

「大丈夫ですよー。このぐらい」

なんとかもう一度、足を踏み締める。だが、結果は同じだった。どうも立てそうにない。

「なんでかなあ、佐加井さん」

「私に聞かれてもわかりません。しょうがないですね」

佐加井はそう言うと、オレの脇の下と膝の下に腕を入れ、そのまま立ち上がった。

「う、わ、わ……」

ふわりとした感覚のあと、オレの体は宙に浮いていた。要するに佐加井に横抱きにされていたのだ。

「佐加井さん?」

一瞬にして、オレは正気に返る。

これは夢ではない。もう一人の佐加井でもない。オレは一人しかいない佐加井に抱えられている。

「ろくに足も立たないんですから、部屋に着くまでじっとしていてください」

「――いや、あの。もう平気っす」

佐加井は、自分の腕の中にいるオレの顔を覗き込んでくる。頭ははっきりしたような気がしていても、体は言うことをきかない。

「無理ですよ」

にっこりと、佐加井は笑う。

まさに、目と鼻の先に、佐加井の顔がある。それを認識した瞬間、心臓が信じられないほど賑やかな鼓動を始める。

この音が佐加井に聞こえないようにと、必死に願う。

そして誰にも会わないようにと、願う。

エレベーターに乗り込み、最上階まで上っていく。

微かな浮揚感《ふよう》と、オレの心の鼓動が、不思議と嚙み合っていくような気がする。

肩口から、佐加井の心臓の音が聞こえる。オレとは違い規則正しい音に、安心させられる。

小さな子どもが、母親の心音《しんおん》を聞いて泣きやむという気持ちがわかるような気がする。

オレは小さな子どもではない。佐加井も母親ではないけれど——だが、佐加井は同時に、オレを落ち着かない気持ちにさせる張本人でもある。

密着した体温と間近に感じる吐息が、同時にあの日のことを思い出させるのだ。

エレベーターが最上階に辿り着き、扉の鍵を開ける頃には、もう一度頭の中がぼんやり霞《かすみ》を帯びたようになっていた。

込み上げる羞恥と、もう少し触れていたという思いが、オレの中には混在している。

「今日は誕生日なんでしたよね？　薬を飲んで眠れば、夜には元気になっているでしょう」

「あの……」

咄嗟に、オレは佐加井を呼び止める。

「なんですか？」

振り返った佐加井の穏やかな笑みに、動悸が激しくなる。オレは何をしているのか。

ただ、もう少し佐加井と一緒にいたいと思っただけで、それ以上何も考えていなかった。

だが今この瞬間に、呼び止めた理由を考えねばならない。酔いの残る使い物にならない頭をフル稼働させる。

「少し、時間ないっすか？」

佐加井は怪訝な顔をしている。

「もしよければ、話をしたいっすけど」

オレの申し出に驚いた様子を見せる。

驚いているのはオレも同じだ。

何を話すつもりなのか、全然考えていない。だが必死さが伝わったのか、佐加井は思いの他《ほか》あっさりと「いいですよ」と応じてくれた。

5

綿のパンツに綿シャツを羽織った佐加井は、リビングのソファに座り煙草を吹かしていた。セットされていた前髪が額を覆い、目にかかる。それが鬱陶《うっとう》しいのか、指でかき上げる様を、オレは無意識に見つめてしまう。

初めて会ったときから、オレの佐加井に対する気持ちは変わらない。

男として、人間として、佐加井に魅せられている。でもこれは、佐加井がオレに見せた夢だ。それを本人と話して確認しよう。

「……よし」

完全に酔いがさめたわけではないが、自分自身にそう言い聞かせると、リビングの扉を開く。

ホストになってしばらくは、この部屋で佐加井から沢山《たくさん》のことを教わった。最初の内、面倒でしょうがなかったレッスンが楽しくなったのは、いつからだろうか。

「遅いから心配しました。気分はどうですか？」

オレに気づいて、左加井は振り返った。

「頭が少しぼんやりしてるぐらいで、さほど……」

でも、どことなく体がふわふわ浮いた感じが残っている。

「良かったです。とはいえ、あのぐらい酔っているのも、面白いですけれど」

他人事だと思って、喉の奥で笑いながら、視線をオレに戻す。

「コーヒーを一杯、いかがですか?」

「ください」

佐加井は吸っていた煙草を灰皿に置いて、ポットからコーヒーをカップに注ぐ。流れるような動作に見惚れていると、目の前にカップが置かれる。

軽く会釈してから、それを一口啜《すす》る。苦味と酸味がゆっくり口の中に広がっていく。なんだか胸が熱くなって、俯いた。

「——どうしましたか?」

黙るオレを心配して、佐加井は横から顔を覗き込んでくる。微かな煙草の香りに、オレは顔を背《そむ》ける。

「見るなよ」

「泣いているんですか?」

慌てて頬を拭ったつもりだったが、遅かった。オレは佐加井から顔を背け、さらに背中を向け、両手で顔を拭った。

「泣いてるわけねえだろう? コーヒーが熱くて、ちょっと舌を火傷《やけど》しただけだ」

恥ずかしくて、つい口調が乱雑になる。

「このコーヒーで火傷するなんて、よっぽど猫舌なんですね」

「そうだよ、オレは猫舌なんだよ。子どもんときから、よく冷まさないと、うどんもラーメンもそばも食えない。だから麺がいつも伸びてて、あんまり美味いと思えなかった」

擦っている手に、背後からゆっくり佐加井の手が伸びてくる。その温もりに過剰に反応して、思い切り振り払ってしまう。

「何すんだ」

「火傷をしたのなら見せてください。ひどかったら、仕事にも差し支えます」

「そんなの平気だ」

佐加井の手が、オレの顎に添えられる。逃れようと顔を逸らすが、追いかけてくる。

「甘く見てると怖いことになりますよ。舌が火傷した状態でお酒を飲んだことがありますか？　特に度数の高いブランデーを。ただでさえ痺れるような感覚が、まるで電気椅子に座ったかのような気分になるほど、強烈になるんです」

淡々とした口調だからこそ、現実味のある言葉に聞こえてしまう。

「電気椅子になんか座ったこと、あるのかよ」

「もちろん、ありません。でも、たとえるのならそのぐらいに痺れるということを言いたかっただけです」

こんなときでも佐加井はむかつくほど真面目な顔をして真面目な口調で、とんでもないことを当然のように言い放つ。

抗っているのがあほらしくなって、オレは俯いたまま肩を揺らして笑う。

「ばかか、あんた」

「失礼ですね。教え子である貴方にばかよばわりされるなんて、思ってもいませんでした」

平然と言い放ちながら、頬に触れる手は信じられないほどに暖かい。

マジでヤバイ。オレの頭の中ではずっと、危険を告げる警鐘が鳴り響いている。

優しく目尻を拭い、頬を撫で、そっと首の向きを変えられる。

「佐加井さんは、なんでホストになんかなったんだ?」

「突然にどうしました?」

佐加井はオレの質問に優しく笑う。

「あんたさ、オレと違って、家柄いいんだろう? なんか振る舞いとか見てて、わかんだよな。何より、飯の食い方、綺麗じゃん。育ちがいいんだろうなってよくわかる」

オレは自分の思っていたことを口にする。

「どういう家を指しているのかは不明ですが、食事の仕方については、口うるさく教えられたのは事実です」

「だろう? オレなんかさ、滅多に家族と食事なんてしてねえから、食べ方なんて教わったことねえんだ」

「どうしてです？」

「――オレさ、親父の記憶、ないんだ」

オレは佐加井の手から逃れ、真正面にある顔をじっと見つめる。

こんなことを言うつもりではなかった。だが、佐加井に聞いてほしいと思っている。だから開きかかる佐加井の口を手で覆った。

「籍にも入ってねえから、正確には親父じゃねえんだけど、とりあえずそいつはアメリカだかどっかの国の金髪の軍人だったらしい。クラブで働いてたお袋とちょっとの間、一緒に住んでたけど、オレが三歳んときぐらいに、故郷の国に帰っちまったらしい」

もう、二十年以上も前の話だ。それなのに、話をし始めると、傷などないはずの胸が痛んでくるのはなぜだろうか。

「そのあとは、お袋と二人で暮らしてきた。オレを育てるためにお袋は昼間はスーパーでレジのパート、夜は夜でクラブのホステスとして働いていた。忙しいだろうに、全然弱音なんて吐かなくてさ。お袋と顔を合わせるのは朝飯《あさめし》んときだけだったけど、そんときにお袋がコーヒーを作ってくれたんだ――」

蘇ってきたのは、あのときの記憶なんだろう。コーヒーはその後も何度も飲んでいる。にもかかわらず、今この瞬間に蘇ってきたのはなぜなのか。

「いくつのときですか？」

尋ねる佐加井の声が優しい。

子どもの頃、同情されるのが嫌だった。その裏には必ず、優越感が潜《ひそ》んでいたのだ。

でも、佐加井からされる同情は、悪くはない。心底、オレを思ってくれているとわかるから。

「四歳とか五歳じゃねえかなあ」

「そんな子どもにコーヒーを飲ませていたのですか?」

「っていうか、オレが飲みたがったんだと思う。ジュースなんかなかったし、砂糖と牛乳をいっぱい入れてもらったのは覚えてる」

「それで今お母さまは……?」

「オレが小三のときに、お袋が昼間のパート先の上司と結婚することになった。お袋は働きづめだったし、休めて良かったって思ったんだ。お袋の相手はすっごい真面目でいい人だったし、正直お袋にはもったいないって思った」

笑いながら、オレは答える。

「で、結婚して翌年、子どもが生まれた。弟で、八歳下になるんだけど、それがすっごいかわいくてさ。赤ん坊ってこんなに小さいのかって、正直、驚きだった。お袋もオヤジさんも、喜んでいた。これでオレたち、本当の親子になったんだって――思ってたんだ」

「――過去形、ですか?」

「やっぱ佐加井さん、頭いいな」

思いも掛けない指摘に、オレは笑ってしまう。

「オレの言葉のニュアンス、すぐに気づくし」

「誤魔化さないで、最後まで言ってしまいなさい。黙っていたら苦しくなるだけでしょう?」

笑って誤魔化そうとしてもそれを許してはくれない。

最後まで、全部、聞いてくれる。そう言っているのだ。その安心感に、言葉が次から次に溢れ出てくる。

「なんていうのかな……ある日気づいたら、お袋とオヤジさんと弟と、三人で家族ってモンが出来上がってってオレの入る場所がなくなってた」

「なぜですか?」

「お袋もオヤジさんも、二人とも、弟の兄貴はオレだけだって言ってくれていたし、差別なんて表向きはしていない。でも——やっぱ、違うんだ。意識的に家族やってるのと、最初から家族なのでは……」

少しずつそのずれが心に積もりだし、気づけば素直になれなくなっていた。

小さなことに嫉妬し、嫉妬している自分を嫌悪した。発散できないもどかしさはやがて、外に向いていくようになる。

「家に居づらくて外で遊ぶようになって、そうしたらうるさく声を掛けてくる奴とかいて、で、オレ、この性格なんで我慢できなくて、喧嘩になっちまった。そんなこんなで、中学ンときは、すごい荒れてたなあ……」

　怪我《けが》は絶えず、家にも帰らない。盛り場で朝まで過ごす。女を覚えたのもあのときだった。

「それでも一応、体裁《ていさい》から高校に行って、そんときにスカウトされて、ストリート系の雑誌とかのモデルの仕事してたんだ。ちょっとだけどさ。そうしたら女たちが寄ってくるようになって、ちやほやされて……こんなんじゃ駄目だってわかってるけどどうにもなんなくて、今まで来ちまったんだ……」

　家族との溝《みぞ》は広がっていくばかりで、高校卒業と同時に家を出ると話したときには、親は安堵していた。でも弟は、泣いた。オレがどれだけ家に帰らなくても、弟だけは変わらず、オレに接してくれていた。

　きっと弟は弟なりに、オレの気持ちがわかっていたのだろう。

　オレも弟は嫌いじゃない。好きだからこそ、素直になれない自分が嫌で、どんどん足が遠のいてしまったのだ。

「あれから一度も家には帰ってねえ――電話しようとか思っても、掛けられない。今さらって感じがして、駄目なんだ……」

　テーブルに肘を突いて頭を抱える。

「ご家族は、貴方が今どこでどうしているか、知っているんですか?」

「とりあえず東京にいるってことは知ってる。でも、上京したときに住んでた家はすぐ引き払っちまって、その後は連絡してない」

引っ越すたび、携帯電話を変えるたび、家に連絡をしようかと思った。けれど、あと一歩の勇気が出ず、そのまま時間が過ぎてしまった。

あれから、六年——弟は十六歳になる。

オレの知らない間に、確実に時間が過ぎていってしまっている。そしてオレは一人、あのときのまま取り残されている。逃げたら駄目だと頭ではわかっている。でも、動けない。

「会いたいのでしょう？」

佐加井の優しい言葉が、項垂れるオレの頭の上を過ぎていく。

その言葉を肯定も否定も出来ない。何か言葉を紡いだら、その瞬間、堪えているものが溢れ出してしまいそうだった。

「少しでも、そう思うのであれば、余計なことを考えずに、連絡をすればいいんですよ」

「……でも……」

「怖いのですか？　連絡をしても、受け入れてもらえなかったら」

ずばり核心をつかれ、オレは佐加井の顔を見つめる。

「心配することはないでしょう。貴方が心配するのと同じで、家族も心配しています。ずっと探していたはずです。会いたいと思える家族がいることは、幸せです。ここで連絡を取らなかったら一生後悔することになるかもしれません。そんな家族がいるのなら余計に」

「ダメだよ」

　オレは首を左右に振る。

「どうでもいい相手になら、笑顔だって見せられるし、適当におべんちゃらも言える。でも、大切に思ってる相手だと、駄目だ。由紀さんに対しても、オレ、むちゃくちゃ失礼なことしてるし……」

「由紀、さん？」

　それまでずっと優しい顔を見せていた佐加井の表情が変わる。

「どうしてそこで、彼女の名前が出るのですか？」

「マンションをくれるって言うんだ」

「え……」

　佐加井はらしくもない短い声を上げる。

「正確には、貸してくれるっていうのかな……佐加井さんと、いつまでも暮らしているわけにいかないからって……」

「――彼女のことが、好きなんですか？」

　その問いに、オレは黙り込む。

「嫌いなわけはありませんよね？」

　さらなる問いに、オレはなんとか言葉を捻り出す。

「好きか嫌いかって言われたら、すごい好きだ。でも……由紀さんにも言ったけれど、なんか違うんだ」

「違う、とは？」

「由紀さんに限ったことじゃない。オレ、これまでいろんな人とつき合ってきたけど、本気で誰かのこと、好きになったことがないのかもしれない」

「自分でもよくわかっていないのですか？」

項垂れたまま、頭を上下させ、静かに口を開く。

「佐加井さんは、真剣に誰かのことを、好きになったこと、ある？」

微かに口の中が渇いていた。

突然うるさいほどに心臓が鼓動を始め、掌に汗が滲んでくる。

「どうでしょうね」

佐加井は軽く腰を浮かし、持っていた煙草を灰皿に押しつける。

「知りたいですか？」

下から見上げる角度で尋ねられる。

意味ありげに口元には笑みが浮かぶ。

「まず、先ほどの質問に答えましょう。なぜ私がホストになったか——兄に、私はホストに向いているから、ホストになればいいと言われたためです」

「――兄貴なんているのか」

「最低な男ですが」

佐加井にしては珍しく、吐き捨てるように言う。

「大人しく兄に言われたことに従い、ホストになりました。ですが、ただ単にホストになるだけではつまらない。どうせやるならば、天下を目指そうと思ったのです。以前貴方に話したことを覚えていますか？」

「……何」

「ナンバーワンになりたくありませんか。と。それから、不夜城を手に入れたくはありませんか、と」

真剣な表情での問いに、オレは小さく息を呑む。

「覚えてるけど、それが？」

「それを今なら叶えられるかもしれません」

「それって、どういう……」

開き掛けた唇に、佐加井は指を立てる。その手を頬に移動させ、オレの顔を真っ直ぐに見つめてくる。

慈《いつく》しみと優しさに満ちた瞳の中に、オレの顔がある。佐加井はそっと、その整った貌を近づけてくる。

キスをされるんだろうと思った。

それがわかっていて、オレは逃げなかった。

驚きの気持ちはある。でも、キスされることに驚いているのではない。それ以上にこの状況を待っていただろう自分に驚いていた。

唇を僅かに開き、静かに目を閉じる。

そして、佐加井の唇が触れてくるのを待つ。

吐息が頬を掠める。鼻に唇が触れる。

軽く啄《ついば》むようにそこに触れてから、近づく気配を感じる。

オレを佐加井の香りが包む。

だんだんと、心臓の音が大きくなる。痛いぐらい、苦しいぐらい、激しくなってきても、オレは堪えた。

微かに身震いしているのがわかったが、知らないフリをした。

ただ、佐加井のキスを待って。

キスは、数え切れないぐらいしている。

ホストになる前も、なってからも。

でも、佐加井とキスしたことはない。前にしたのは、テイスティングの方法を教えてもらっただけだ。だから、絶対にキスだと思わないようにしていた。

キスしていなくても、オレは佐加井の唇の熱さを知っている。佐加井も同じだ。どれだけ正直で、どれだけ浅ましいか。

軽く、触れる。

コーヒーの香りと味。

それから、煙草の匂い。

口紅の味はしない。

コロンの香りは女性用ほど甘くなくて、オレの気を遠くさせるのに十分だった。

舌が、口腔《こうこう》内を探る。

歯列《しれつ》を割って、中に進む。引っ込んでいたオレの舌を見つけると、ゆっくり絡めてくる。

「……っ」

キスは、自分でもそれなりに、上手い方だと思っていた。

だがオレのキスが子どもだったと思わされてしまうほどに、佐加井のキスは大人だ。

何が違うのか、具体的には言えない。

唇の角度、舌の動き、微かな吐息のかかり方。何もかもがオレのものとは違う。

熱を帯びてくる体を、佐加井の視線が、さらに煽る。

薄目を開けた状態で、人の顔を窺っている。どんな風にオレがキスしているのか。どんな風に、感じているのか。

甘いキス、苦いキス。一度のキスで、様々な味を教えてくれる。

頭のてっぺんが痺れてきて、訳がわからなくなるぐらい、しつこく舌を絡ませながら、オレの意識はどろどろと蕩け出す。

「瑞樹……」

キスの合間に紡がれる声が、オレの名前を呼んでいることに気づいたのはかなりしてからだ。意識が白濁《はくだく》する——その言葉の意味も、佐加井のキスで教えられる。

オレの足を跨《また》ぐ状態で体に乗り上がって、高い位置から穴の空くほどに顔を見つめてくる。また頬に触れ、気が遠くなるほどゆっくりしたタイミングで、顔を近づけてくる。

いつ目を閉じていいのか。いつ、キスを待っていいのか。

心臓が口から飛び出てきそうなほどの緊張感の中で佐加井の存在だけがすべてになる。

体に力が入らず、気づけばリビングの床に寝転がり、天井を見つめていた。伸ばした手の先には佐加井の顔がある。そのオレの手を取り、自分の頬にやって口づけてくる。掌に触れる唇の温もりに、腰が疼く。

「あ……っ」

「感じますか？」

甘い声がオレの反応を窺ってくる。

「佐加井さん……」

「教えてください。感じますか?」

ねっとりと舌全体で、掌を嘗められる。皺のひとつひとつを広げるような感じ。嘗められた皮膚から体温が体の奥に染みる感じ……湿った場所から、自分が溶けていく感じ。

この感じを「感じている」と言うのか。今ひとつオレにはわからない。だから、言葉で言う代わりに、濡れた手を佐加井の首に回し、しっかりと自分から抱きつく。

平らな胸と胸が重なり合う。

佐加井の手が、顎を辿り、胸元に落ちていく。シャツの上からゆっくり腰にまで移動した手が、裾をまくり上げ、肌に直接触れてくる。長く、綺麗で、爪の先まで手入れされている。

その手が、オレの体に触れる。

最初に、腹に。平《ひら》の部分から指の先が、オレの皮膚を探るように移動していく。肋骨《ろっこつ》を辿り、爪の先が平らな部分にある突起に行き着いた。軽く、弾かれた瞬間、腰が跳ね上がる。

「……いい反応ですね」

耳朶を柔らかく探るように、甘い低音が響く。揶揄を含む声にかっとして、オレは佐加井の顔を睨みつける。

「あんたが、触るから」

「どこにですか?」

さらに意地悪に聞いてくる間にも、佐加井の指はオレの胸を探っている。

弾くだけではなく、指の腹で押しつけ、こねくり回してくる。それは、ものすごく不思議な感覚だった。気持ちがいいのとは違う。でも、なんとも言えない感じが、腹の奥の方でうねっている。

口を開こうとするが、嫌な声が出そうで唇を噛んだ。それがわかっていて、佐加井は胸を弄《いじ》くってくる。

「ここ、ですか?」

「あ……っ」

指の先で摘まれた刺激で、声がこぼれてしまう。慌てて口を覆うが、当然、佐加井には聞かれてしまった。

「いい声ですね」

くすくすと笑いながら、突起部分を愛撫《あいぶ》する。指を巧みに使われ、摘み上げられる。もどかしいその感覚に、肌がざわつき、腰が疼く。

無意識に腰を擦り合わせていると、佐加井にすぐ気づかれる。眉を上げ、喉の奥で笑う。

「どうやらこちらも、感じているようですね」

そっと右の手が、ズボンの上から触れてくる。

「……っ」

「もしかして、感じやすいタチだったんですか?」

「違、う……」

強く首を左右に振る。

「でも、私が軽く触れただけで、こんなにも硬くなっています」

「それは、酔ってるから」

「それだけですか?」

言い訳も尽きてしまう。

「……あんたが触る、から――」

「私が悪者なんですね」

どこか嬉しそうな表情に、落ち着かない気分にさせられる。見られた場所から、体が蕩けていく。

「でも、実際悪者なのだから、しょうがないですね」

開き直った言葉のあと、強くそこを刺激された。

「悪者は悪者らしく、徹底することにします」

「ああ……っ」

どくんとそこが疼く。反動で腰が跳ね上がり、体に震えが広がっていった。

「こんな素直な反応を女性たちの前で見せてきたんですか?」

佐加井の手の動きが速くなる。

「や、ああ……痛……っ」

布に擦れる感覚に、抗議の声を上げる。でも佐加井は眉を上げるだけだ。

「痛いなら、邪魔な物は取ってしまいましょう」

ズボンのボタンを外されファスナーを下ろされる。

「うわ……っ」

開放感と同時に、襲ってくるさらなる刺激に、声が上がってしまう。

「色気のないことですね」

佐加井は眉間に皺を寄せる。

「どうせなら、もっと甘い声を上げてくだされぱいいものを……」

「そんなこと、言われても……」

抗議しようとするその声が情けなくも震えた。起き上がった瞬間、佐加井の手が直接オレに触れるのを見てしまう。先端部分にそっと触れ、つーと根元に進む。綺麗な指が、オレに触れている。そう思うだけで、またそこに熱が集まっていく。

「おやおや……こうしているだけで、また大きくなりましたよ」

「実況中継なんてするなよ」

「どうしてですか?」

しかし佐加井は一向に気にする様子も見せず、強い脈を打つオレ自身を、丁寧に愛撫してくる。そのたび、そこは熱く硬くなる。

この愛撫だけで、佐加井がナンバーワンである理由が、ルックスや豊富な知識だけではないことが、容易に知れる。

もちろん、佐加井を贔屓《ひいき》にしている相手すべてとセックスしているわけではないだろうが、一度でもこの男と寝たら、他の男となど寝られなくなりそうな気がする。

肌に吸いつくような、優しい指の動きに、愛撫。でも決して甘やかすだけではない行為に、体だけでなく心も一緒に愛されている気持ちになる。

かりそめの相手でも、この一瞬だけは、佐加井が自分のものだけだと思える。誰より近くにいる。いやらしい言葉も、甘い愛撫に思えてしまう。いい加減オレも佐加井に毒されている。

「ん……っ」

根元まで引きずり出され、裏側を指で突かれる。微かに爪を立てられると、痛みとともに、尖《とが》った快感が脳天まで突き抜けていく。

伸びていた膝を立て、足の指に力を込める。揺れる内腿《うちもも》に、佐加井の髪が触れる。擽ったいような刺激に、腰が蠢《うごめ》いてしまう。

「奥山くん……」

そっと名前を呼ばれ、無意識に瞑っていた瞼を開く。と、目の前には佐加井の顔があった。

長い睫毛に真っ直ぐな鼻梁。ため息の出そうなほど整った貌に誘われて、キスをする。

巧みなキスに促され、オレも舌を自分から動かす。必死に遅れないようについていくのだが、気づけば翻弄されている。

「う……ん、ふ……ぅ」

声にならない声が、唇から零れ落ちる。その零れ落ちる声すらも、佐加井は奪っていこうとする。

下肢を刺激する指の動きは止むことがなく、上下に扱かれるたび、先端がびくびくと震えた。

「んん……っ」

苦しい声を上げようとするが、その声は佐加井の口に呑み込まれる。

互いの口腔を移動する唾液がどちらのものかわからなくなり、蠢く舌に、我を忘れて吸いついた。

自分のものになりそうで、自分のものにならない。逃げていくのを追いかけようと、腕を佐加井の肩に伸ばす。そこを必死に掴んで、もっと深いキスを求める。

佐加井はそんなオレの反応を見ながら、再び胸に手を伸ばしてきた。

完全に硬くなったそこは、触れ合った胸元でシャツが擦れるたび、痛いほどに張りつめていく。女性のような膨らみはなくても、そこは愛撫を受け入れ、感じている。

掌全体で左右交互にまさぐられ、そのたび硬くなるのがどうしようもなく恥ずかしい。

キスをしながらも、喉が鳴ってしまう。

もっと欲しくて。

もっと、触ってほしくて。

胸だけではない。これ以上ないほど張りつめた場所も、堪えきれずに先端から蜜を溢れさせている。

それを全体に塗りたくられ、つけ根部分までが濡れているのがわかる。完全に下りきっていない下着とズボンが湿《しめ》り、肌にへばりつくのが気持ち悪かった。

そして——佐加井がほとんど着衣を乱していないことにも、憤りを覚えてくる。

朦朧《もうろう》とする意識の中で、オレは佐加井のシャツに手を伸ばす。脱がせようとボタンに手を掛けるのだが、数は少ないはずなのに、指先が上手く動かない。

それを佐加井は苦笑混じりに見つめている。

「なんだよ……っ」

「なんでもありません。どうぞ、好きなようにやってください」

余裕をかましたその態度が気にくわなくて、オレは勢いよく起き上がると、露《あらわ》になっている佐加井の首元に噛みついた。

「痛……っ」

肌理《きめ》の細かい肌はまるで女性のようで、綺麗だった。女性の首筋に食いつく吸血鬼のようにそこを思い切り吸い上げ、軽く歯を立ててやる。

口を離すと、そこにはしっかり赤い痕《あと》が残っていた。

「キスマーク」

佐加井はその痕とオレの顔を交互に眺め、おかしそうに笑う。

「歯には歯を、という言葉は知っていますね？」

オレの胸を手が這っていく。

「キスマークにはキスマークでお返ししてあげましょう」

佐加井は中途半端な状態だったシャツのボタンを外して、それを脱ぐ。露になるのは、均整の取れた逞《たくま》しい体。

無駄のない、その体に見惚れているうちに、オレはその場に再び仰向けに横たわらされる。

佐加井は、その上からのし掛かってきて、なんの躊躇もなくオレの胸元に唇を押しつけてきた。

「や……っ」

女みたいに甲高い声が上がる。

胸の突起を、舌で突かれる。それだけじゃない。尖った歯の先で軽く噛まれたり、舌で転がされたりしている。

ピチャピチャという音が、やけに耳に響く。その音の合間に、胸を吸われ、何度も背中を弓なりに反らす。

変だ。オレは変だ。

こんなに感じるオレは変だ。

同じ男である佐加井に触れられて、女みたいに感じている。

込み上げる声を、必死に堪える。

「いやらしいですね、本当に。こんなに感じて……」

「ん……、や……め、……っ」

濡れたそこに熱い息を吹きかけられると、何がなんだかわからなくなる。

胸だけじゃない。

さっきまで手で弄《もてあそ》ばれていた下肢も、どくどくと激しい鼓動を始めていた。

「こちらも、ですか」

急かすように動いてしまう腰の硬さに、佐加井はすぐに気づいた。

「しょうがないですね」

佐加井は腰の位置まで移動した。

そして、軽く頭を起き上がらせたオレの視界に、脈打ちながら勃ち上がったものに赤い舌が伸びるその光景が、飛び込んでくる。

「あああ……っ」

強烈な刺激に、頭がスパークする。

堪えようとしても遅い。

すべての熱がそこに集まり、一気に爆発してしまう。

「あああ……っ」

声を我慢することもできない。

ただ、溢れ出す欲望をすべて解き放つため、腰が激しく痙攣《けいれん》する。

そして解き放たれる精は、佐加井の口にすべて呑み込まれていく。

「だ、め……や、め、………う、う……っ」

上下する喉の動きに、凄まじいまでの快感が襲ってくる。

このままではどろどろにされてしまう。形がなくなって、溶けてしまう。

そうして残るのは、オレの浅ましい欲望だけになる。

佐加井が、オレのものを——淫らでいやらしい姿に、がくがくと膝が揺れ、内腿が小刻みに震える。

「——あっという間じゃないですか」

最後の一滴までを吸い上げた佐加井は、当然のように唇を拭い、オレの顔を見る。涙目になったオレの目を見て笑う。

「恥ずかしかったんですか？」

「当たり前だ」

伸びてくる手を振り払い、佐加井の頬に手を伸ばす。そこに残るオレの残滓《ざんし》が、淫靡《いんび》な空気を生む。

「オレのこと、なんだと思ってんだよ。オレは女じゃない。男だ」

もっと、いやらしい顔を見たい。

この男の乱れた姿を見たい。こんな風に思うのは、初めてのことだった。

「奥山くん……?」

「オレにさせろ」

「何をです?」

「今と、同じこと」

一気に起き上がって、佐加井の腰の前にしゃがみ込む。そして佐加井が抵抗する前にズボンの前に手をやった。

ズボンの上からでも、佐加井も高ぶっているのがわかる。ファスナーを下ろせば、下着の上からでもその高ぶりが確認できる。

思わず、喉を鳴らす。

他人のものを見たことがないわけではない。だが、嘗めたことはない。

「無理はしない方がいいですよ?」

「無理じゃねえ」

そんな僅かな躊躇に気づいたのか、佐加井の言葉で火が点いた。中から佐加井のものを引き出す。色も形もオレとは違う。熱さも、硬さも——軽くそれに指を伸ばすと、びくっと震える。オレは思わず佐加井の顔を確認してしまう。明らかに動揺した様子に、なんだか不思議と安堵する。

余裕の態度を見せていても、体は正直だ。

今この状態で、佐加井も同じように、欲情している。

佐加井に触れることで、オレ自身も熱くなる。ドクドクという脈が耳のすぐそばで聞こえる。うるさいほどの音を聞きながら、オレは佐加井のものに舌を伸ばす。

「……っ」

少し触れただけで、小さく佐加井が息を呑む。同時に、触れている部分が硬くなった。見ているだけで、興奮する。オレは佐加井のものを口腔内に含んだ。

佐加井がしたように、オレもする。唇と歯を使って、愛撫していく。

奥まで銜えると、佐加井の震えが直に伝わってくる。脈の強くなる様が、そのまま佐加井の快感を示しているように思えて、すごくクる。

息遣いも荒くなる。

佐加井の手が頭に伸びてきて、オレの髪を撫でる。最初優しかった動きが、少しずつ余裕をなくして乱雑になる。

それが、いい。

オレだけじゃなくて、もっと佐加井にも感じてもらいたい。

もっと、もっと。

「……あ」

ぐっと前髪を引っ張られるようにして、佐加井のものが口からはずされ顔を上向きにされる。

顎を伝う唾液を、近づいた佐加井の舌が嘗め取っていく。

「もういい」

そのまま食われるように激しいキスをされ、再び仰向けに倒される。

「ん……、ん……」

激しさを増したキスに、息継ぎする余裕も与えられない。苦しさに喉が鳴る。一度達したあと、少しずつ熱を蓄えていた場所を、強く摑まれる。

「――っ」

そこを辿って、指がさらに奥に移動する。

ろくに触れることのないそこに、爪を立てられた。

「あ――」

「すぐ、だから」

開いたオレの口を大きな手で覆い、もう一方の手が下の口を探る。細かな襞《ひだ》をひとつひとつ割っていくようにして、少しずつ中に指を進めてくる。

強烈なまでの違和感に、頭の端っこの方が冴えてくる。でもその一方、なんだかわからないもどかしさのようなものが、意識を支配してくる。

オレの体内に、佐加井の指がある。

あちこち軽くひっかかれる感覚に、無意識に体が反応する。その反応を見ながら、佐加井は指の位置と本数を変える。

「痛い、ですか?」

声が出せないオレは、視線で応じる。

痛くはない。ただ、なんだかよくわからない感覚が広がっている。

「もう少し……っ」

必死に言葉を紡ぐオレを窺う佐加井の顔が、少し、焦《あせ》っているように見える。

穏やかな笑みはない。

優しい目元もない。

紳士の皮を脱ぎ捨てた、飢えた獣のような貪欲さと獰猛《どうもう》さが混在する表情だ。その獣が、オレに欲情している。

そして、オレも——。

「ん……っ」

三本に増えた指が、微妙な場所に触れてくる。咄嗟に声を上げると、そこをしつこく引っ掻いてくる。

「あ……ああ……っ」

口を覆っていた手を外し、前への愛撫も再開する。

「いいんですね、ここが……」

「わか、んな……や、だ、そこ……っ」

これまで以上の大きな渦《うず》が、オレの全身を襲ってくる。中で動く指の動きに、全神経が集中していく。指が右に行けば右に、左に行けば左に。腰が無意識に蠢いていく。

でも、物足りない。それじゃ、足りない。

「そんな顔をするのは、罪作りですよ……」

佐加井はオレの顔を見てそう言うと、指を引き抜く。

「や……っ」

咄嗟に力を入れた下肢を、佐加井に抱えられる。足を左右に開かされそのまま高く掲《かか》げられた腰に、佐加井のものがぐっと押し当てられた。

「ん……っ」

指で解《ほぐ》された場所に、熱いものが一気に入ってくる。

「あ、ああ……ま、……やあ……っ」

これまでに感じたことのない引き裂かれる痛みのあと、火傷しそうな熱さを感じる。

まるで言葉にならない声が、口をつく。

下肢を穿《うが》つ佐加井は、唇を強く嚙み締めていた。

額を流れ落ちた一筋の汗が、顎を辿り、オレの胸を濡らす。それを追いかけるように佐加井が動くと同時に、中のものも動く。

「あ……っ」

反応するのは、オレ自身だった。

ぴんと屹立《きつりつ》したそれは、先端からとろとろの蜜を溢れさせ、腹を汚す。すぐにでも射精しそうだったそれの先端を、佐加井に摘まれる。

「や……っ」

「少しだけ、我慢していてください」

荒い息の混ざった佐加井の声に、背筋がぞくぞくする。

肌という肌が敏感になり、僅かな刺激にも過剰に反応してしまう。

「変、だ、オレ。……佐、加井、さ……んっ」

「何が、変なんですか？」

佐加井が声を出すと、体内のものも反応する。

「熱い……よ、なんか……オレ……動かない、で……」

体中が熱くなっている。何も考えられないほど。佐加井が動くたび、全身で反応してしまう。小さな変化もすべて覚えようと、内側が収縮を繰り返して何がなんだかわからなくなりそうだった。

「——感じているんですね？」

調子づいた佐加井が、さらに腰を進めた。

「や、ああ……っ」

「変じゃありません……貴方は……素敵です」

「何が、素敵、なんだ……よ、ああ……っ」

さらに頭の中が混乱する。

「私をこんなにも夢中にさせたのは、貴方だけです」

激しく腰を突き上げながら、佐加井は早口に自分の気持ちを吐露《とろ》してくる。

「夢中……って……」

左加井の言葉の意味を知ろうと、懸命に考えを巡らせようとする。

「私も、そろそろ、限界です」

だがオレの質問に答えることなく、佐加井はさらに高くオレの足を掲げると、腰の律動を乱暴にした。

「や、ああ……っ」

擦れ合う内壁《ないへき》が、いやらしい音を立てる。そこから生まれる熱に、溶かされていく。

体だけでなく、意識までも。

「瑞樹くん……瑞樹くん……っ」

オレの名前を何度も繰り返しながら、佐加井は一際《ひときわ》大きく下から突き上げてくる。

「ああ……っ」

「ん……っ」

ぐっと体に力が入った瞬間、頭の中で何かが破裂する。

目の前が白くなり、下肢が熱くなる。溜まっていた熱が解き放たれ、オレの中で佐加井は情熱を迸《ほとばし》らせる。

「佐加井さん……」

ゆっくり重なってくる男の体に、オレは必死にしがみついた。

触れ合う胸から、互いの心臓の音が聞こえてくる。その音が、どちらのものかだんだんとわからなくなってくる。

世の中のすべてが、自分と佐加井の二人だけに思えてくる。

オレは、夢を見ているのかもしれないと思った。佐加井の腕の中で、佐加井に抱かれて、二人同時に極みを見た。

体は痛くて、だるくてしょうがないが、ふつふつと幸せが沸《わ》き上がった。
こんな幸せは、今までに感じたことがなかった。
体ではなく、心が満たされていく。至福に浸り、胸がいっぱいになる。
夢かもしれない。
夢なら夢で、醒めないでほしい。
この甘い夢を、永遠に見ていたい。
そう思いながら、オレ意識を手放した。

6

柔らかい布の感触と、心地よいスプリング。夢のような感覚に、天国にでもいるような気持ちになる。このままずっと目覚めないで眠っていたいような至福の中で、ゆっくりと瞼を開く。最初に飛び込んでくるのは、淡いグレーのカーテンだった。遮光式なんだろう。僅かな隙間から、細い線のような光が漏れていた。

「あれ……」

見覚えのない景色を、覚醒しきっていない状態でオレは見回す。シンプルな広い部屋の中央に鎮座《ちんざ》するベッドに、オレは横たわっている。壁には天井まで続くクローゼットが備えつけられ、モノクロの写真が飾ってある。

どこか、佐加井を思い起こさせる雰囲気に、オレははっとする。

「――っ」

慌てて起き上がろうとして、そのままベッドに沈み込む。信じられないほどに、腰が重い。

「なんだよ、これ」

誰に言うでもなくぼやく。脂汗まで浮き上がる始末だ。改めて用心しながら起き上がったオレは、初めて自分が素っ裸なことに気づく。

おまけに肌には、無数の赤い痕がある。

指で辿っていき、胸元に行き当たった瞬間、ぞわりと淫らな感覚が生まれる。

「オレ……」

肌に残っているのは、指で触れるのとは違う、もっとねっとりとした刺激だ。腰から先に広がる心地よいだるさ。覚えのない感覚じゃない。

「あ……」

思わず、両手で口を押さえる。

同時に一気に記憶が蘇ってくる。

昨夜の情事——酔いに乗じてオレは、佐加井に身の上話をして、それから——セックスになだれ込んだ。

一度目は訳のわからないまま、リビングで。

そのあと、佐加井の寝室へ移動した。あれから何度達かされたか覚えていない。だが、信じられないほど乱れた自分の声が、鼓膜に残っている。

「どうしよ……」

急激に、全身が震えてくる。

うすうす感づいていた自分の気持ちが、由紀との会話で決定づけられてしまった。でもそれは佐加井の見せる夢に浸っているだけで、本当は違うんだと言い聞かせてきた。

それなのに、今胸にある感覚は、夢を見ているわけではない。そうじゃなければ、あ
オレは佐加井のことが、好きなのだ。もうこれは、逃れようがない。そうじゃなければ、あんなことができるわけがない。

でも佐加井は、どういうつもりで、オレを抱いたのか。

色々恥ずかしい台詞を聞いた気がする。でも、何もかもが、現実味を伴《ともな》っていない。

『瑞樹くん……』

耳朶を擽る甘い声に、思っていたより情熱的なセックス。逞しい体。オレを翻弄し、高め、乱し、どろどろに溶かした。思い出すだけで、体中が熱くなる。

なぜ佐加井はオレを抱いたのか。

オレの身の上話を聞いて、哀れだと思ったかもしれない。

優しいあの男のことだ。それは大いにあり得る。キスも射精させられたときも変わらず、佐加井はオレに接した。

セックスも、あの男にとっては、大した意味を持たないのかもしれないと思った途端、背中に冷たいものが走り抜けていく。

「――目が覚めましたか？」

甘い声に顔を上げると、ジーンズ姿の佐加井が立っていた。

手にはトレーがある。

「あ、の……」

爽やかな姿に急激な恥ずかしさを覚えて、オレは慌ててベッドの中に潜り込む。

「体調はいかがですか？　一応、薬を用意してきましたが」

淡々と紡がれる言葉に、オレは僅かに身震いしながらそっと布団から顔を出す。そのオレの頭に手が伸びてくる。だが、頬に触れた瞬間、オレはその手を払ってしまう。

「あ……」

「すいません……あの……」

「──いえ、いいですよ」

ベッドの横にある椅子に座った佐加井は、表情を変えずにナイトテーブルの上に水と薬を置く。

「熱はありませんか？」

「……多分……ない、と」

まともに佐加井の顔が見られない。

「それならよかったです」

佐加井はほっと笑顔を見せる。細められる目元と慈しみに満ちたような瞳に、落ち着かない気持ちにさせられる。

こんな風に接せられると、勘違いしそうになる。

でも勘違いさせられたまま、これまでの関係を続けるだけの強さはオレにはない。

あの温もりを知ってしまったから。

佐加井の熱さを知ってしまったから――。

かといって、佐加井の本心を確認するだけの勇気も今はない。

「昨夜は――」

「あの！」

だがオレは慌てて佐加井の言葉を遮る。佐加井は驚いた様子で、オレの顔を見つめる。

佐加井が何を言おうとしているかわかった。だから、今の状態で聞きたくなくて、強引に話し始める。

「ひとつ聞きたいんですけど、いいっすか？」

「――なんでしょう？」

少し怪訝な視線を向けながらも、佐加井は先を促してくれる。後ろめたさを拭い、オレは言葉を探す。

「佐加井さんはこれまでに、客相手に本気になったことはあるんですか」

「客、相手には、ありません」

即答だ。

「だったら……」

情けなくも、声が震える。

でも、聞かなくちゃならない。

オレはめいっぱいの力を振り絞って、佐加井の顔を見据える。それこそ清水の舞台から飛び下りる覚悟で尋ねる。

「男から、好きだって言われたことは、あるんですか」

だが佐加井の反応は同じ。

「ありません」

淡々と答えられる。わかっていたことだ。

でも、わかっていたつもりでも、心が思い切り揺らいでいる。

「でも……」

「あの、オレ、眠いんで、寝てもいいっすか?」

言い逃げだとわかっていたが、これ以上、話などできそうになかった。いいことも悪いことも、聞きたくない。

「もちろんです。すみません、気づきませんでした」

佐加井は申し訳なさそうに、その場に立ち上がる。

「薬は飲めるようなら飲んでください。私は隣の部屋にいますので、何かありましたら呼んでください。今日は仕事も休んだ方が……」

「仕事は行きま、す……っ」

オレは慌てて顔を上げる。

「無理をしては駄目ですよ?」

「無理じゃないっす……今日は誕生日で、みんなが来てくれることになってるから、絶対に行きます」

「――そうですね」

佐加井は心なしか眉を顰める。

「ホストの誕生日は、どんなイベントより盛り上がります」

「佐加井さんは、今日は店に来ますか?」

「さあ、どうでしょう」

曖昧に笑う。

「絶対、来てください。オレ、佐加井さんにも祝ってもらいたいです。佐加井さんの教えたことが身についてるか、その目で判断してもらいたいっす」

「十分、身についていますよ。ワインのテイスティングは完璧でした」

「それだけじゃなくて」

オレは必死に訴える。

今はまだ、頭がごちゃごちゃしていて、考えがまとまらない。

だから、今日の夜、改めて佐加井と話をしたい。

誕生日の夜だから——何かが変わる気がする。

「あの、じゃ、佐加井さんからもプレゼントが欲しいっす」

「——何が欲しいんですか？」

首を傾げて佐加井は苦笑を漏らす。

「佐加井さんの使っている香水」

「私の？」

頷きで答える。

「では、新しいのを……」

「新しいのじゃないです。佐加井さんが使っている香水が欲しいんです」

「不思議な人ですね。洗面所にあるので勝手に使ってくだされば……」

「それじゃ駄目なんです。店に持ってきてください」

とにかく、店に来てもらいたい。

それで、オレは自分の姿を見せたい。佐加井に自分の姿を見てもらいたい。

そらから佐加井の気持ちを聞きたい。

オレなりの、けじめだ。

「——わかりました。では、店に持っていきます」

「絶対っすよね?」

佐加井の返答に、オレは起き上がろうとして失敗する。腰から下、力が入らない。それを眺め、佐加井は堪えられないように笑う。

「貴方はまったく……」

細められた瞳と優しい微笑みが、オレの胸に染み渡る。

改めて実感する。オレは、この人が好きだ。

顔も、声も、髪も、指も、吐息も、熱も。

この人の醸し出す何もかもが、好きだ。

胸の締めつけられるようなこの想いこそ、人を愛するという感情なのだと気づかされる。

オレを天国にも地獄にも連れていく。それが幸せであり、切なくもある。

たとえオレのことを好きではなくても、好きだとしても、オレは佐加井という人に惚れ込んでいる。

そんな人に出会えたことに、オレは心から感謝している。

「絶対」

「約束っすから」

しつこいまでのオレの言葉に、佐加井は頷いた。

言質《げんち》をもらい、やっと佐加井を解放する。

一人残されて、オレは佐加井の匂いのする布団に潜り込む。この匂いが、昨夜は誰よりも近くにあった。爽やかでいて甘い香りが、濃密で淫靡な香りに思えた。

『瑞樹くん……』

佐加井の声が、耳に蘇るたび、腰の奥が熱くなる。辛さや痛みより、快感が強い。

「駄目だ駄目だ……」

布団から顔を出す。息苦しさに死んでしまいそうだ。睡眠薬代わりに、枕元にある薬を手に取り、それを一気に飲み干した。

とにかく眠ろう。眠って、少しでもまともな思考を取り戻したい。

これで駄目なら、羊でも数えてやる。

そう思っているうちに、眠りに落ちていった。

「ハッピーバースデイ!!」

高らかな声と一緒に、シャンパンの栓が抜ける。

ポンポンという小気味いい音とともに、炭酸の溢れる音が続く。

「おめでとうっす。奥山さん」

シャンパンシャワーの中心にいるのはオレ。オレも反撃とばかりに、手の中にあるシャンパンボトルを派手に振った。

「わー、奥山さん、それ、ドンペリ」

「わかってるよ」

思い切り派手に振ったあと、天井に向けて栓を抜く。

噴水のように派手に噴き出してくるシャンパンを、オレはそのまま口で受け止める。

「瑞樹くん、おめでとう」

シャンパンで濡れたオレの頬に、指名客が優しいキスをくれる。

最後に待っていたのは由紀だ。

オレは由紀の細い腰に手をやって、マウストゥーマウスのキスをする。

「わーん、ずるい、瑞樹くん。私も私も」

「はいはい、並んで並んで」

プレゼントのお返しに、他の女性たちにも啄むようなキスを繰り返す。髪はシャンパンでずぶ濡れ、頬と唇は口紅でべたべたになっていた。

テーブルの上では、高値のボトルが次から次にキープされていく。ワインも、シャンパンも、オーダーが途切れることはない。

そのたびオレは客の求めに応じて、歌い、飲み、キスをして、ゲームをする。

人心地ついてソファに腰を下ろすと、オレは周囲を見回す。

「佐加井さんなら、まだよ」

由紀の言葉にはっとする。由紀は思わせぶりに笑っている。

「え、何？　オレ、別に……」

「ま、いいわ。それより、少し飛ばし過ぎじゃない？」

心配そうに顔を覗き込まれる。客に心配されているようでは、ホスト失格だ。

「今日ぐらい、サービスしなくちゃ」

「気持ちはわかるけど」

ため息を漏らす由紀の肩に頭を預ける。

「どうしたのよ、甘えて」

細い指が額を覆う髪をゆっくりかき上げていく。

「オレ、わかっちゃった」

「――何が？」

「色々――」

そう、色々。

由紀に対する感情が何か。

オレの本気の感情が誰に向いているか。

ずっとオレを見てくれていた由紀だから、正直な気持ちを口にする。

「そう」

「だから、この間のプレゼント、もらおうかと思って」

「え……？」

由紀が驚きの声を上げるのと、オレの視線がようやく店に訪れた佐加井の姿を見つけるのは、ほぼ同じだった。


「遅いじゃないっすか。オレ、ずっと待ってたのに」

おぼつかない足取りで、佐加井に促されて、店の外に出る。中に入らないのかと誘ったが、用事があって、またすぐにどこかへ行くのだという。

「すみません。これでも、頑張ったんですが」

佐加井は肩を竦める。

「それで……」

「オレ、由紀さんからのプレゼントを、もらうことにしました」

「プレゼント、ですか？」

佐加井の口から、短い声がこぼれ落ちる。どうやら話が見えていないようだ。

「マンションの話――」

「そう、なんですか」

　らしくない反応に、オレは頬を膨らませる。

「なんだ、ホストらしくなったって、喜んでくれないっすか？」

「え……ああ、もちろんです。プレゼントもすごい山になっていましたね。さすがです。私も敵いません」

「そんなことないですけど」

　佐加井に言われると妙に照れ臭い。

「今月ろくに佐加井さん、仕事出てなかったし。ホンキ出したら、オレなんか足下にも及ばねえ……あ、及ばないですよ」

「そんなことはないでしょう」

「オレ、本気で佐加井さんのこと、尊敬してる」

　否定しようとする佐加井に向かって、オレは続ける。

「何を突然に」

「オレがこうして今、ホストやってるのは佐加井さんのおかげだ」

「――奥山、くん……」

「だから――」

込み上げてくるものに、言葉が詰まる。オレはぎゅっと拳を体の横で握り締めて、目の前の男の顔を見る。

「だから、昨日のこと、忘れます」

佐加井の眉が顰められ、目に見えてわかるほどに表情が歪む。

「忘れ、る——?」

「オレはマジで、人間として、男として、あんたみたいな人に出会えたことに、感謝してる。あんたみたいな男になりたい。男として、あんたに認められたい。ずっと、肩を並べて歩いてきたいと思う。だから……」

今のままでは駄目なのだ。

「だから、忘れる、と」

先の言葉を続けたのは、佐加井だった。

胸に響くその声に、オレは必死に頷く。

佐加井は何かを考えるように瞼を伏せ、軽く首を左右に振る。

「——わかりました」

そして静かに言った。

「それが、貴方の答えということなんですね」

答え——という意味はわからないが、オレの決意に変わりはない。言われるままにとりあえず頷くものの、佐加井の反応には肩透かしを覚えた。

「そうですか。それでマンションを移るのは、いつですか?」

「できるだけ、早いうちに……」

自分から言い出しながら、もしかしたら少しでも佐加井が引き止めてくれないだろうかと期待する。オレは狡いのかもしれない。でもそのぐらい思っても、バチは当たらないだろう。

「——それならば。それをきっかけに家に連絡をしてみてはいかがですか?」

「家、に?」

思いも掛けない提案に、オレは短い声を上げる。

「何を驚いているんですか? 貴女自身わかっているでしょう。今を逃すと、また同じだけの日々が過ぎてしまいます。だから今回が、連絡をするタイミングなんじゃありませんか?」

「連絡しても、いいのかな……」

「きっと、待っていますよ」

佐加井は優しく微笑む。

その表情に、ほっと安堵する。

佐加井はやはり、オレを見ててくれている。オレの欲しい助けを出してくれて、進むべき道を教えてくれる。

オレの選んだ結論は、正しいのだ。オレが何を言いたいかも、わかってくれている。

佐加井の笑顔にオレは安心する。

「ありがとうございます、佐加井さん。なんかオレ、すごい勇気が出たっすよ」

「それは良かったです。私としても、タイミングがよかったです」

「タイミング?」

オレは首を傾げる。

「実は昨日、店を辞めました」

佐加井の言葉に、膝ががくがくと震える。

「え? 店をって……どういうこと、っすか」

「ある方から新しい店のお話をいただきまして、独立することにしたんです。オーナーには以前からお話をしてありました。貴方が私以上のナンバーワンになれたら、辞めてもいいと言われていました」

全身に、震えが広がる。頭の中がチカチカして、胸が苦しくなる。

「それって……あんたがオレをナンバーワンにしようとしたのは、自分が辞めるため、だったのか」

「もちろん、それだけではありません。実際貴方がナンバーワンになれるかどうかは、わかっていませんでしたから」

「同じことだろう!」

腹の中にどうしようもない怒りが沸き上がってくる。

裏切りだ——オレは裏切られたのだ。

オレが悩むまでもなく、考えるまでもなく、すべては決まっていたこと。

それを一人で勝手に勘違いしていただけ。一人で、グルグル回っていただけ。

佐加井はすべてわかっていて、オレが一人で回っている姿を楽しんでいたのかもしれない。

「そう貴方が解釈するのなら、仕方がありません。ですが、私は誰に対しても、当然のように貴方に対するように接していたわけではありません」

「そんなの知るか！」

何を言われようと、頭に入ってこない。自分のことは棚上げで、佐加井が大切なことを話してくれていなかった事実に、納得がいかない。それはつまり何を意味するかと言われれば、佐加井にとって自分が、伝えるべき存在になかったということ。

オレが自惚れていたことも、勘違いしていたこともわかっている。でも、感情がついてこない。

「何を突っ立ってるんだよ。帰れよ、この後も用があるんだろう？」

「——そうします」

佐加井の口調は、こんなときでも静かだ。腹の中が煮えくりかえりそうなのは、オレだけ。

店に戻るべく、佐加井に背を向ける。

「さようなら」

その言葉に、振り返ったりしなかった。

振り返ったら、佐加井に向かって、文句を言いたくなるに決まっていたから。

オレはぎりぎりで堪えると、店に戻る。

でも、それを直後に、オレは思い切り後悔した。

そこで振り返らなかったことを。

もっと佐加井と話をしなかったことを。

どれだけ腹が立っていようとも、佐加井が何を考えていたか、どういうつもりだったか、オレは聞かなければならなかったのだ。

あの男のことが好きならば、絶対に。

なぜならば、明け方、オレが部屋に戻ったとき、佐加井の痕跡を示すものが、なくなっていたからだ。

ただひとつ、洗面所に置かれた、コロン以外は——。

7

爽やかで甘い香り。

全身を痺れさせる熱さ。そして、優しさ。

オレは両手を必死に伸ばし、芯からオレを溶かす温もりを求める。

灼熱《しゃくねつ》に犯されながら、オレは幸せに浸る。

「もっと……」

甘い声で呟いた瞬間、オレはその自分の声で目を覚ます。

見開いた目に最初に飛び込んできたのは、淡いグレーのカーテンだった。

遮光式のその隙間から、細い線状になった明かりが漏れてくる。その眩しさ故にシーツを頭の上まで引っ張って、背中を丸め、ほうとため息を漏らす。

「――夢、だ」

全身に汗をかいていた。

ベッドに起き上がり額に浮かぶ汗を拭う。全身が熱に浮かされたようだ。甘い記憶と裏腹に、胸には重い石のようなものがのし掛かってくる。

そんなオレの耳にインターホンの音が聞こえてくる。そのまま無視しているが、インターホンは鳴り続ける。

「……っ」

苛々した気持ちでベッドから這い出る。立ち上がった瞬間、昨夜飲んだ酒が、胸ぐらいまでまだ残っているような感じを覚える。

「……どなたですか？」

だるさを堪えて室内の受話器を上げると、液晶画面に由紀の顔が映し出される。

『その声、何？』

ぴしっとしたスーツ姿の由紀は、不機嫌そうな声を出す。

『二日酔い？　とりあえず、鍵、開けてちょうだい』

有無を言わさぬ口調に、オレは従うしかない。

「うぃーす」

言われるままにマンションのオートロックを解除すると、そのままリビングへ向かい、冷蔵庫を開ける。

背の高いファミリータイプの冷蔵庫だが、中には缶ビールと牛乳、あとつまみが少し入っている程度だ。

しばし悩んで缶ビールを取り出すと、プルトップを開け喉を潤《うるお》す。キンキンに冷えているせいで、こめかみが痛くなった。

それでも喉を通る冷たい感覚に、ぼんやりしていた意識がゆっくり覚醒してくる。

時間を確認すると、そろそろ六時になろうとしていた。

「もうこんな時間か……」

ベッドに入ったのが朝の十時過ぎだった。

すでに夜景となった窓の外を眺めていると、今度は玄関のインターホンが鳴った。

重い足を引きずるようにして玄関まで向かい、扉を開く。

「ちょっと、何、その格好は」

開口一番、甲高い声で由紀に怒鳴られる。

「勘弁してよ、由紀さん。二日酔いの頭に響く」

「二日酔いのくせに、ビール飲んでるのは誰よ？　まったくその格好も、何。まさか、今まで寝ていたわけじゃないでしょうね？」

由紀はまるで遠慮なく人のことを責め立ててくる。

「人の顔見た早々文句ばっかり言わないでくださいよ。なんか、ただでさえ落ち込んでるところ、さらに死にたい気持ちになる」

「どうせ若い子と朝まで過ごしていたんでしょう？　ったく、一度死んだら、懲りるわよ」

大きな袋を抱えた由紀は、シューズクローゼットの中から自分用のスリッパを取り出すと、オレの手にあった缶ビールを奪って、とっととハイヒールを脱いでリビングへ向かう。

勝手知ったる他人の家。正確には、元、自分の家、だ。

「大体、今、何時だと思ってるのよ？　六時よ六時。人が一仕事終わらせて戻ってきたというのに、さすがクラブシックスのナンバーワンともなると、いいご身分ね」

ソファの上にどかりと腰を下ろすと、煙草を取り出す。

「望んでなったわけじゃないっすから」

「よく言うわね」

由紀は吐き捨てるように言う。

「だって、オレをナンバーワンにするって言ったのは由紀さんじゃないですか。オレはただ、店にいただけ」

「それでもナンバーワンはナンバーワンよ」

自虐的な気持ちでテーブルの上にあるライターで火を点けようとするが、あっさり拒《こば》まれる。

「店じゃないんだから、余計なことはしないで。ちやほやしてほしかったら、こんなところに来ないで、直接お店に行くわ」

由紀は元々歯に衣《きぬ》着せぬタイプだが、今日はさらに容赦がない。どうやら、虫の居所が悪いらしい。

「こんなところって、元々自分の家じゃないですか」

「私の部屋だった頃は、もっと人の気配のある優しい雰囲気だったわ。家具ばかり豪勢で、モデルルームみたいな無味乾燥な部屋とは違うの」

「ひっどいなー」

思わずオレはぼやいた。

四か月前、オレの二十四歳の誕生日を機に、由紀がかつて仕事場に使っていたマンションに越してきた。当初はプレゼントという名目だったが、最終的には賃料を払う形にした。

それは男としてのプライドであると同時に、ある意味けじめでもあった。

オレと由紀が男と女である以上、永遠にこの関係が続くわけではない。何かのとき、厄介なことにならないための、予防線だ。

家具一式は自腹を切って、記憶に沿うように少しずつ集めたものだ。

「大体、瑞樹、貴方こんな趣味じゃないでしょう?」

相変わらず鋭い。オレは曖昧に笑いながら、とりあえずシャツを羽織り、由紀の正面に位置するソファに腰を下ろした。そして、煙草に火を点ける。

そのオレの顔を、まじまじと見つめてくる。

「何、見てんです?」

「いい男になったと思って」

「何を言うかと思ったら」

真顔での言葉に、思わずぎょっとする。

煙を変なところに吸い込んでしまい、変に咳き込んでしまう。

「お世辞なんて言っても、何も出ませんよ?」

「今さら瑞樹にお世辞なんて言わないわよ」

あっさり由紀は言い放つ。

「だから今のは本音。入店して半年よね。その間に本当にすごくいい男になったわ。見違えるほどに」

灰を軽く落とし、また煙草を銜える。

「特に——佐加井さんが、いなくなってから」

一度わざと由紀はそこで言葉を切って、オレの様子を窺ってくる。でもオレはそんなカマには引っかからない。

「連絡はないの?」

「なんのことですか?」

オレはわざと素知《そし》らぬふりをして、煙草を吸い続ける。由紀はその顔をじっと睨み、「まあ、いいけど」と話をすぐに終わらせる。

「それより、用ってなんです? オレ、今日は二部からしか出ないつもりなんですけどね」

この三か月で、クラブシックスは、ずいぶんとシステムやメンバーに変更があった。

営業時間は変わらず、午後七時から朝の六時までだが、それを一部、二部と分けたのだ。

一部が、オープンから夜中の一時まで。二部が、一時からラストまで。早い時間は主に、ツアー客等の一見《いちげん》客担当、遅い時間には、必然的に常連や同業者の客が多くなる。

新人や指名の少ないホストは一部からぶっ続けで入ることが多いが、オレは指名客が来るのでなければ、二部から顔を出すことが多くなっていた。その代わり閉店後は、客とアフターにつき合い、またそこで浴びるように酒を飲む。

とても素面《しらふ》では店にはいられない。

無茶をやってはしゃいで、たまに女と寝て、どろどろになって部屋に戻る。そのままベッドに倒れ込んでしまう。起きるのは大体、このぐらいの時間になる——それがオレの一日。

ここ最近、昼間の太陽はほとんど目にしていない。人間的な生活など忘れた。

「二部からでいいの。その前に、ちょっとつき合ってもらいたい場所があるの」

「またバーの新規開拓っすか？　オレじゃなくて、そんなの、若い奴らを連れて行ってやってくださいよ。あいつらなら、喜んで由紀さんのお供しますから」

「あいにく、若い子じゃ駄目なのよ」

由紀はグッチのバッグの中から名刺入れを取り出すと、その中の一枚をテーブルに滑らせた。和紙を用《もち》いていて、センスの良さを感じる。

「『倶楽部ダンディズム』？」

「つい最近、西麻布にオープンした会員制社交バー。別名、高級ホストクラブ。暇と金をもてあましている上流階級の人たちの、社交場よ。知らない?」

「歌舞伎町ならともかく、西麻布じゃテリトリー外っすよ。大体、上流階級なんて言葉は、縁遠いですからね」

投げ出した足を組み、名刺をテーブルに放り投げる。

「それで由紀さん。歌舞伎町は卒業ってことっすか?」

「違うわよ。そこ、会社のクライアントに紹介してもらったんだけれど、あいにく一人で入れないの」

「だったら、そのクライアントと一緒に行けばいいじゃないですか」

「クライアントは女性。一緒に行けなくはないけど、どうせなら最初は格好つけたいじゃない? だから、瑞樹にエスコートしてもらいたいの」

「勘弁してくださいよ。まだ酒が残ってて、頭がぐらぐらしてる。だから今日はこのまま仕事まで寝てようかと思ってたんのに」

わざとらしいとは思いつつ、額に手をやる。だが半分は本当だ。このところずっと、オレは酔っ払いだ。

「——飲みすぎよ」

「おっしゃる通り」

「開き直らないで」

背もたれに背中を預けるオレの顔を、由紀はじっと睨みつけてくる。

「言っておくけれど、アル中のナンバーワンなんて、誰が喜ぶと思うの？」

「アル中じゃないっすよ。ただ、休みなしで飲んでいるだけのこと」

「今のままじゃ、そうなる日は近いわ」

由紀は一旦《いったん》灰皿に押しつけると、すぐに新しい煙草を銜える。

「いつまで佐加井さんのことを引きずってるつもり？」

その名前に、一瞬、体が震え上がる。

「佐加井さんがいなくなってから、もう四か月が過ぎている。その間に貴方はナンバーワンの地位に上り詰めた。もう以前の貴方じゃないの。わかってる？」

「――わかってるよ、そんなこと」

改めて言われずとも、その事実を痛感しているのは他でもないオレだ。

クラブシックスの伝説のナンバーワンであり、オレのかつての教育係でもあり、二か月弱の同居人である佐加井は、オレが二十四歳になった夜を境に、見事なまでに姿を消した。

それが、四か月前のことだ。

本人の弁によると、新しい店に引き抜かれたらしいが、歌舞伎町で彼の姿を見た者はない。

常連客の大半も、佐加井の突然の失踪には、ショックを受けていた。

けれど、ＶＩＰクラスの客たちだけは、誰一人として文句を口にしなかった。さすがに、一ホストの行方などで、右往左往《うおうさおう》しないのだと誰もが彼らの懐の広さに感心していたのだが、それは違っていた。

彼らはおそらく、佐加井がこの先どうする予定なのか、知っていたに違いない。知っていて誰一人として、口を割らなかった。それこそがVIP客のVIP客たるゆえんでもある。

オレはそのあと、クラブシックスのナンバーワンになった。だが誰もが思っている。佐加井には敵わない、と。オレ自身、ずっとそう思っている。

「わかってるなら、これに十分で着替えてきてちょうだい」

渡されたのは抱えていた大きな袋だ。

中には、おそらくスーツが入っているのだろう。

「佐加井さんのことを引きずっていないというのなら、完璧に私をエスコートして。高級ホストの誰にも見劣りしないぐらいに」

こんな風に言われてしまったら、断れない。由紀はそれがわかっていて、オレのことを煽るのだ。

まったくかなわない。


寝室に戻って覗いた袋の中には、有名イタリア製ブランドのスーツ一式に、靴、バッグ、さらにはそれに合わせた香水までが入っていた。

それも、佐加井の愛用していた、ミヤケイッセイだ。

オレがあの日、このコロンを佐加井からもらう予定だった話を、由紀は知らない。だから嫌がらせではないとわかっていても、さすがに苦笑を漏らした。今はオレの一番嫌いな香りなのだから。

クローゼットの扉についている姿見に映るのは、歌舞伎町のホストクラブ、「クラブシックス」のナンバーワンだ。

赤茶けた髪と細身の体、色は透けるように白く、一見すると白馬に乗った王子様風ではあるが、口が悪く親しみがある――そのギャップがいいと、客の間では評判だ。

でも実際のオレは、アルコール漬けで、起き抜けは髪はボサボサで、情けなくてだらしない男だ。

由紀の指摘は核心をついていた。

四か月前、佐加井が姿を消した日のことは、今でも鮮明に思い出すことができる。

何しろ当日の朝には、オレは佐加井と、酔いに任せてのセックスをしていた。

忘れようとしても、忘れられるものではない。いまだ、あのときの佐加井の指の感触が蘇ってきて、眠れないことがある。今朝方見た夢もそうだ。

だから、すべてを忘れるために酒を飲む。酒を飲まないと、眠れない。

酒を飲まないと、あの日を思い出してしまう。そして飲んでいても、思い出してしまう。

誕生日当日は、指名客がすべて訪れ、みんなが盛大に祝ってくれた。

店には溢れんばかりの花が届き、十万単位のワインやシャンパン、ブランデーのボトルが大量に注文された。美味い料理を口にして、酒を飲み、女性の香水にまみれた。

高級時計をもらい、スーツをプレゼントされ、香水もあった。

でもオレは、まるで捨てられた子犬のように、ただひたすら佐加井のプレゼントを待っていた。そして佐加井に、昨夜のことを忘れようと言って、佐加井からは、店を辞めたことを知らされた。そして自分の後釜《あとがま》にすべく、オレを教育していたことを知らされた。

その瞬間、すべてが嘘に思えた。違う、すべてが嘘だったことに気づかされた。

オレは佐加井のことを、本当に尊敬していた。家の事情を打ち明けたのも信頼していたからだ。家に連絡が出来たのも、すべて佐加井のおかげだと思っている。

ホストクラブという場所で、自分なりのダンディズムとプライドを持って仕事をする姿は、男のオレから見ても格好よかった。

その佐加井に、ナンバーワンになりたくないかと言われ、不夜城を手に入れたくないかと言われた。

どんな意味でその言葉を口にしたのか、今ではわからない。だがオレはオレなりに、そんな夢を語る以上、佐加井とはこの先も一緒に、歩いて行くものと思っていた。そうなるため、オレは自分自身の気持ちを封じ込めた。

置いて行かれることなどないと、ずっと思っていた。裏切られることなど、あるわけがないと思っていた。

「……チクショ」

目を擦る。

今でも思い出すと、悔しさと空《むな》しさが込み上げてくる。

由紀にはマンションで一人取り残された姿を、引っ越し準備のために訪れたときに見られている。

理由は何も聞かず、ただ母親のように、泣きじゃくるオレを慰めてくれた。

あの日以来、オレと由紀の間に体の関係は存在しない。

由紀もこれまで、オレの前であえて佐加井の名前を口にしてはこなかった。

だがもしかしたらあの日からずっと、佐加井の行方を捜しているのかもしれない——もう一度、オレを佐加井に会わせるために。

シャツの袖に腕を通し、ネクタイを結ぶ。カフスを留め、上着を羽織ったオレは、再び鏡の中にいる自分の姿を眺める。

ぼさぼさの髪も、軽く手櫛《てぐし》で整えるだけで雰囲気が一変する。少し上目遣いに相手を見るようにすれば、ホストである奥山瑞樹の出来上がりだ。でも、心はいつも遠い場所にある。

「確かに、吹っ切れてねえよ、オレは」

胸には何かがつかえたまま、ずっと取れないままだ。でもその取り方もわからない。


西麻布にあるというその店は、六本木通りから裏に入った、閑静《かんせい》な場所にあった。

「地図の通りだとこのあたりなんだけれど」

タクシーを降りたあと、あたりを彷徨《さまよ》っていると、ようやくそれらしき建物が見えてくる。

「あれだわ」

由紀の指さした方角には、瀟洒《しょうしゃ》な雰囲気の建物があった。ホストクラブと言うよりは、外国人の邸宅のような様相だ。

その外観に緊張するオレとは裏腹に、浮かれた様子で由紀はエントランス前まで向かう。

「いらっしゃいませ」

扉の前には、正装した男性が二人、立っていた。

由紀は堂々と、バッグの中から招待状を取り出した。その名前を確認すると、男たちはオレと由紀を一瞬にしてそれとわからないように値踏みする。

優雅な仕種で中へ一歩足を進めると、豪華なシャンデリアが頭上から照らしつけていた。

足下に敷き詰められた真紅の絨毯は、柔らかく足を包み込む。クラブシックスの、すり切れた絨毯とはまるで違う。

外観と同じく、店内に入っても、ここがホストクラブという印象はない。まさに豪華な邸宅だ。壁から天井に至るまで、細かな細工がされているが、派手さはなく、落ち着いた気持ちにさせられる。

明るかったのも、エントランスのみ。

細い通路に入ると仄《ほの》かな橙《だいだい》色の間接照明に押さえられた。

耳を澄ますと聞こえてくるのは、心地よいクラシック。鼻を掠めるのは、甘い葉巻と上質のアルコールと、女性の香水だ。

行き着いた広いリビングは、大理石の柱でいくつかに分けられ、オーク材のテーブルや革張りのソファでゆったりとした空間が作られていた。

エントランス同様天井が高く、壁にはうるさくない程度に絵画や写真がセンスよく飾られている。さりげなくコーナーを飾るのは、エミール・ガレのランプで、どこかノスタルジーを感じさせる。

「すごいわね」

案内されたソファに座った由紀は大きなため息をついた。隣のテーブルとは十分な距離を取ってあるため、話し声が聞こえるのを気にすることもない。

「噂に聞いていた以上の雰囲気だわ。さすがに圧倒される」

ひそひそ言うと、オレを手招きする。

「あそこのテーブルに座っているの、有名な政治家よ」

視線の向いた先を眺めると、最近マスコミを賑わしている有名な芸能人の姿もあった。

「お飲み物はいかがされますか？」

先ほど案内してくれたのとはまた違うスタッフが、空いている席に座った。

「メイカーズマークを。彼にはソフトドリンクを。お茶がいいかしら」

「冗談言わないでくださいよ」

オレは抗議する。

「一日ぐらい休肝日《きゅうかんび》を作りなさい。これは私の命令」

二人のやり取りに、スタッフの男が苦笑をする。

「健康酒などいかがでしょう。当店で特別にブレンドした薬草をつけたお酒です」

「それにしなさいよ、瑞樹」

「薬草って何が入ってるんです？」

「ヨモギ、ドクダミ……」

「結構です。お茶をください」

聞いているだけで口の中が苦くなる。

「お茶にもいろいろございますが？」

「当然薬草茶よね？」

「もちろんでございます」

好奇心丸出しの由紀の問いに、満面の笑みで応じる。

「頼みますから普通のお茶にしてください」

うんざりしたオレが、手持ちぶさたで煙草を取り出す素振りを見せると、タイミングよくライターが差し出される。ぱっと見、高級バーと変わりないが、こういうところはホストクラブ然としている。

だがオレはそれを断って、自分で火を点ける。職業柄、あまり人に火を点けてもらうのを好まない。それから、煙草をふかしながら、今度はオレがスタッフを眺める。

「割り方はいかがいたしましょうか？」

「ダブルにして」

水割りを作る姿はそれなりに様になっている。

アミューズを運んでくるスタッフも同様だ。こざっぱりとしていて嫌味がない。ここまで案内してきた男も、そしてエントランスにいた男も同様だ。

店内を見て、オレは驚いていた。

スタッフ誰もがよく教育されているし、一分《いちぶ》の隙もない。そしてどのスタッフも満遍《まんべん》なく客の様子をよく見ていて、臨機応変に対応する。

頭の回転も速く、会話も上手い。とにかく、客を退屈させず、不快にさせない。

それでいて、画一的《かくいつ》ではない。

完璧なまでの、そして理想的なサービス。

ふと、彼らの姿に、オレの頭の中である人——佐加井の姿が重なる。そんなわけない。すぐに否定する。だが一度そう思ってしまったら、不思議なほどそこかしこに、佐加井の姿が見え隠れしてきた。

根拠なく、いやな予感が押し寄せてくる。まさか、と思う。だが否定しきれない。

「大丈夫? 顔色悪いみたいだけど……」

スタッフと談笑していた由紀が、オレの顔を覗き込んできた。

「いえ……」

首を振ろうとして、不意にフロア全体に先ほどまでと違う空気が広がった。

「オーナーがいらっしゃったようです」

スタッフの言葉に、何気なく周辺を見回そうとして、ある一点に引き寄せられていく。

まるでそこだけスポットライトが当たったかのように、光り輝いて見える。華やかな空気に、フロア中の人の視線が、そこへ向けられていくのだ。

中心には、一人の男の姿があった。

すらりとした長身に、柔らかい素材のスーツがよく似合い、手足が長い。ひとつひとつのテーブルに挨拶をする様が、実に優雅だ。

俯き加減になると、さらりとしたストレートの髪が形のいい頬のラインを隠す——背中がひやりと冷たくなり、心臓が大きく鼓動する。真っ直ぐな鼻梁と、遠目にもわかる、はっきりとした目鼻立ちを、オレの目はしっかりと認識してしまう。

否定しようとしても、駄目だった。驚くほどに整ったその顔の持ち主を、オレは一人しか知らなかった。

その瞬間、腰が疼き、全身に震えが走り抜ける。

肌という肌がざわめき出し、急激な口の渇きを覚える。指先が痺れるように痛み、動悸が激しくなる。

「……駄目だ」

無意識に呟くと、両手をテーブルに突いて立ち上がる。

「どうしたの？」

「もう帰りましょう」

由紀に訴える。

「何を突然に。まだ夜はこれからなのに」

「だったら、オレだけ先に帰ります」

「駄目」

セカンドバッグを取ろうと伸ばした手を、由紀に摑まれる。

そしてオレの顔を間近で見つめてくる。

黒目がちの大きな瞳は、心までも見透かす力を秘めている。

「まだ今日の目的が済んでいないの」

「目的？」

「もうお帰りですか？」

背後から聞こえる甘いテノールの声に、背筋がぞわりとする。

「いいえ、まだ楽しませていただくつもりよ」

硬直して動けなくなるオレとは違い、由紀は満面の笑みを浮かべた。

「ご活躍はよく耳にしております」

オレの隣に立った人物から漂う香りが鼻を掠めた瞬間、全身が硬直する。

イッセイミヤケ——オレがあの日、プレゼントに欲していた香りを纏っている男が、今、隣にいる。

全身が心臓になったかのように、鼓動が激しくなる。息苦しさを覚え、目の前がちかちかしてくる。

それでいて、全神経が隣に集中している。

「相変わらず、お上手だこと。それより、立ち話もなんでしょう？　よろしければ、オーナーにお酒を一杯ご馳走したいんだけれど」

「それはありがとうございます。ですが……」

ちらりと視線を感じた瞬間、全身の毛が総毛立つ。

「瑞樹。何をいつまで突っ立っているの？　座りなさい」

「――でも」

「座って」

威圧的な言葉に、オレは諦めてそのままソファに腰を下ろすしかなかった。

「佐加井さんも、どうぞ」

「それではお言葉に甘えて」

オレたちの間の空気に生まれた緊迫した空気を気にすることもなく、佐加井は平然とオレの隣のソファに腰を下ろす。

佐加井に指示されたのだろう。その場に座っていたスタッフは、挨拶をして席を立った。

「どなたのご紹介でおいでになられたんですか？」

「日成精機の黛《まゆずみ》さん」

由紀が煙草を取り出すのを見て、以前と変わらぬさりげなさで火を用意する。そのスムーズさとスマートさには、オレですら見惚れてしまう。

顔は上げないようにしていたが、さすがに手だけは目に入ってしまう。相変わらず綺麗な指先に、背筋がぞわりとする。

あの指がオレの肌に触れたときの感覚が突然に蘇ってきてしまう。

「……っ」

誰にも気づかれないよう小さな吐息を漏らし、懸命に他のことを考えようとする。それなのに、考えれば考えるほど、リアルに思い出してしまう。

優雅に動く綺麗な指は、あのとき完璧なまでにオレを支配した。上り詰めるのも、途中で焦《じ》らすのも意のままだった。

「黛社長には、贔屓にしていただいています」

淫らな記憶に苦しむオレのことなど気づくはずもなく、佐加井は会話を続ける。

「黛さん、貴方に惚れ込んでいて絶賛していたわ。今後接待のあるときには、必ずこちらを使わせていただくそうよ」

「ありがたいお話です」

恭《うやうや》しく佐加井は頭を下げる。

「水臭いわよね。クラブシックスからの馴染みのはずなのに、私たちには一切挨拶がなかったんだから」

「申し訳ありません」

佐加井は由紀の嫌味にも、笑顔で応じる。

「前のお店のときには、退職のご挨拶もせずに大変不義理をしていたもので、まさかこうしてご来店いただけるとは思っていなかったのです」

その瞬間、心臓が苦しいほどに軋《きし》む。

背中に嫌な汗が滲み、動悸がさらに激しくなる。

「そう思うのであれば、次回からは顔パスにしてちょうだい」

「おいでいただけるのであれば、もちろんそうさせていただきます。それより、由紀さんもかなりご活躍のようで、よくお名前を拝聴《はいちょう》いたします」

「ありがとう。こちらのクラブのオーナーにそう言っていただけるとは光栄ね」

由紀は満足げに微笑む。

「とんでもありません。まだまだ至らないところばかりで、お客さまに支えられて、やっと成り立っているという状態です」

「でもこの店は、貴方のお店なんでしょう？」

「ええ、そうです」

謙遜《けんそん》しつつも、佐加井は強く頷く。

「新宿のクラブシックスでの経験と、お客さまのお言葉を活かして作り上げた、今の私の出来る、精いっぱいの店になります。単にお酒を楽しむだけの場所ではありません。もちろん、単に仕事の話をする場所でも面白くありません。人々が存分に様々な場面で有意義に過ごすことのできる、最高の社交場を作り上げるのが、私の目標です。そのためにはどんな努力も惜しまないつもりでいます」

確かな自信が裏づけとなっているのだろう。はっきりとそう言い切る。

「前の店のことなど、忘れたと言うのかと思っていたわ」

「とんでもありません。クラブシックスは、私に接客サービスの難しさと真随を教えてくれた場所です。あそこでの経験がなければ、今この場は存在しておりません」

「ということは、瑞樹も頑張れば、貴方みたいになれるということかしら?」

「由紀さん、何を……っ」

オレの言葉を手で制すると、由紀は探るような視線を佐加井に向ける。

「風の噂には聞いていましたが、驚きました。ずいぶんと洗練されていて、一瞬、どなたかわかりませんでした」

すべて忘れたような佐加井の言葉とコロンの香りが、オレを強烈に刺激する。

堪え切れず、オレは立ち上がった。

「瑞樹?」

「——すみません。気分が悪いので席を外します」

由紀の言葉は無視して、席を立つ。

小走りでフロアを抜けてトイレに入ると、背中を扉に預けたままずるずるとその場にしゃがみ込んでいく。

顔にやった指先がぶるぶると震える。それから、体中が熱い。

「なんだよ、これ……」

佐加井が隣にいるだけで、なんでこんなに情けない状態になっているのか。

無様《ぶざま》なほどに体が震えるだけではない。体の内側から熱せられるような感覚が生まれている。

あれから、女性とは何度もセックスをしている。にもかかわらず、オレの体は哀しいぐらい、
佐加井の愛撫を覚えている。そしてあのときの快感を欲している——。

不意に、背中の扉がノックされる。

「……すみません」

他の客の邪魔をしたかと思って慌てて立ち上がる。

「大丈夫ですか？」

だが入ってきたのは佐加井だった。瞬間的に表情が強張る。笑いたいのか泣きたいのか、怒りたいのか、まったくわからない。

「なんであんたがここに？」

「由紀さんに頼まれて様子を見に参りましたが、いかがですか？」

由紀の、指示か。よほどオレが心配らしい。

「……平気です。ちょっと酒に酔っただけです」

「ならば安心いたしました」

一度言葉を切ってから、佐加井はオレのことをまじまじと見つめてくる。

「なんなんですか」

「ずいぶん、成長されたと思いまして」

「……は？」

自分の耳を疑う。

「ナンバーワンの貫禄が出ているように思います。元々の素質に、色気がプラスされたようですね。女性たちが放っておかないのも当然のことでしょう」

何を言っているのかと思う。だが、いちいち引っかかっていては駄目だ。だから、僅かに息を吸った。

「――褒め言葉として取っておくことにしますよ」

佐加井の顔を真正面から見ないようにして、必死に平静を保つ。相手はオレの体の疼きは知らないのだ。このまま乗り切れば済むことだ。

しかし、そう思って足を前に踏み出した瞬間、バランスが崩れた。

「危ない！」

前のめりに倒れる体に、佐加井の腕が伸びてくる。

佐加井の掌の温もりと身に纏ったコロンに、オレの全身が震え上がり、腰が佐加井に触れてしまう。

「……っ」

「――触るな！」

条件反射のように佐加井の腕を振り払い、自分の両足で必死にそこに立ち、目の前の男を睨みつける。

「どうして……？」

驚愕の表情の意味は、尋ねなくても明らかだ。オレは泣き笑いの表情で、佐加井を睨みつける。

「あんたのコロンの匂いを嗅いだだけでこの有様《ありさま》だ！」

頭で考えるよりも先に言葉が口をつく。

「……奥山くん」

「あんたはすべてをリセットしたつもりかもしれねえが、オレはいまだ出口のない迷路に入り込んでる。なんであんたが突然オレの前から姿を消したのか、何も言ってくれなかったのか、その理由がわからないまま、前に進めない」

勢いのままに怒鳴るオレの言葉を、ただ黙って佐加井は聞いている。

嘲笑《あざわら》うでもなく、反論するでもなく、ただ眉間に皺を寄せ困惑した表情だ。

怒っているのはオレの方だ。その権利はオレにある。

傷ついているのもオレだ。

それなのにどうして、そんな表情になるのか。

あのときオレを裏切ったのは、佐加井だ。それなのに。それなのに——どうして、オレが裏切ったような気持ちにさせられないといけないのか。

「すべてあんたの思うままだ。さぞかし満足だろうよ!」

これ以上その顔を見ていたくなくて、トイレを飛び出す。そして席に戻ると座ることなく、上着と鞄《かばん》を手に、出口へ向かって歩き出す。

「え、瑞樹、ちょっと……」


「待って、瑞樹」

店を出ると、少し遅れて由紀が走ってきた。

「どうしたのよ、突然に。何を怒ってるの?」

「何を、怒ってる?」

オレは足を止めて振り返る。

「そんなのは、あんたが一番よくわかってるだろう!」

堪えられない怒りをぶちまける。

「なんで黙っていたんだよ」

オレよりも背の低い由紀の顔を睨みつける。

「佐加井さんの店だってこと、あんた最初から知っていたんだろう?」

「……そうよ」

由紀は素直にそれを認める。

「だったらなんで」

「いい加減、佐加井さんから卒業してほしかったから」

「な……っ」

由紀の言葉に、オレは絶句する。

「佐加井さんのことを引きずっていないと言いながら、ずっと酒に逃げている。このままじゃ、体を壊す。その前に、貴方の心がもたなくなる。だから、荒療治《あらりょうじ》をしてみようと思ったのよ」

「なんで荒療治なんて……」

「今度私、結婚するの」

「――え?」

頭の中が、真っ白になる。雑踏の音が、うるさいほど耳に響く。

「今、なんて……」

「相手は、さっき佐加井さんとの間で話に出た、日成精機の社長」

由紀は静かに話を先に進める。

「結婚したら、彼の仕事の都合で、何年かはアメリカで暮らすことになる。独身時代にやりたいことはすべてやった。だから遣《や》り残したことはないと胸を張って言える。でも——貴方のことだけが、心配」

由紀が結婚。そんな話は聞いたこともない。大体、アメリカだの、オレにはまったく理解できない。

由紀特有の冗談だ。そうに決まっている。

「人のことを揶揄《からか》うのもいい加減にしてくれよ。そんなことを言って驚かそうとしても……」

「これは紛《まぎ》れもない事実なのよ、瑞樹」

由紀の手が、そっとオレの頰に伸びてくる。だが咄嗟にその手から逃れてしまう。

「事実……」

「そう、事実」

それをどう思ったか、由紀は何も言わず行き場を失った手を引き戻す。

「私は貴方の恋人でも家族でもない。けれど、ホストである貴方をずっと応援してきた者として、この先もずっと光り輝いてほしいから、余計なお世話をさせてもらった」

そこまで言うと、由紀は財布の中から取り出したタクシーチケットを、オレのジャケットの上着に突っ込んできた。

「渡米するまでは、あと一か月ないの。貴方が会いたいと思ってくれるまで、二度とクラブシックスには行かない。マンションについては、貴方の望む形にしてくれればいい。私からは何ひとつ無理強いはしたくないし、負担になりたくない。もし私が出発するまでに、貴方なりの結論を出せるなら、そしてもう一度私に会いたいと思ってくれるなら、連絡をちょうだい。私はいつでも、貴方からの連絡を待っている」

そして由紀はオレに何ひとつコメントさせることなく、一人タクシーに乗り込む。

過ぎ去るその後ろ姿を、オレはただ呆然と見つめるしかなかった。

8

金曜日、午後九時、一週間前に訪れた白亜《はくあ》の豪邸の前に、オレは再び立っていた。

スタンドカラージャケットに、細身のパンツ姿でコートを手にしたオレの心臓は、うるさいほどに鼓動している。

先週の佐加井との再会――それだけで精一杯のところに、由紀の結婚、さらには渡米という話。ただでさえメモリの少ないオレの頭は、完全に拒絶反応を示した。

食事はもちろん、酒も入らない。

それでも素面でいたくなくて、酒を飲んでは吐くを三日繰り返した。

店に出る気力も体力も当然なかった。

半分死んだような状態で、ベッドに倒れ込んでいる頭の上で、何度も携帯電話が鳴り響いた。

おそらく、店と、指名客からだろう。わかっていても、出る気持ちにはなれない。

以前なら体調を崩して寝込んでいると、二日目には由紀が気づいてすっ飛んできてくれた。

でもその由紀は、もうオレのところには来ない。

彼女との間に恋愛関係はなかった。少なくともオレはそうだった。

けれど由紀は、本当にそうだったのだろうか？　由紀とは結婚できないと言ったオレを思って、そうふるまってきただけという可能性はないだろうか？

そんな由紀に、オレはずっと甘えてきた。都合よく利用していたかもしれない。佐加井がいなくなったあと、由紀がいなかったらどうなっていたか、自分でもわからない。

その由紀が最後の一仕事としてオレに与えてきた課題——それが、佐加井との関係だ。

だからといって、どうすればいいのか。

佐加井があの店のオーナーであることを、由紀は最初から知っていた。その上で、オレと佐加井を再会させるべく、あの店に行った。

忘れようとどれだけ思ったか。

それなのに、佐加井の顔を目にした瞬間、全身の肌がざわつくような感覚を得た。

歌舞伎町にいたとき以上に、佐加井の佐加井らしさは磨《みが》かれた。

当時も、完璧に思えていた。だが、上には上がある。その事実を、彼の姿に思い知らされる。

ナンバーワンになったとはいえ、オレより上にいた人間がいなくなったことによる、スライド式のオレとは、格が違う。

佐加井なら間違いなく、あの容姿と才覚で、歌舞伎町を手に入れただろう。だがそこで妥協しないのが佐加井ならではだ。一度行っただけで、あの店の客層がわかる。

銀座のクラブや赤坂の料亭のように、佐加井の店はある種のステイタスを持つ店としての地位を着実に手に入れようとしている。

常に佐加井は、前を見つめている。一度はそんな佐加井に、オレも認めてもらえていたように思うのは、気のせいではないだろう。そうでなければ、オレにナンバーワンになれといったりしないいし、不夜城を手に入れたくはないかと誘うわけもない。

だがオレは、置いていかれた。

あの日からオレの時間は止まっていた。時間とともに、感情も止まっていた。

正確には、あの「夜」から。

きっとあの夜が、すべての起点であり、終点だったのだ。そしてあの夜から翌朝までの何かにより、オレを見る佐加井の目が変わり、評価が変わってしまった。

それが「何」か——必死に考えても、オレにはわからない。何しろ、佐加井がオレを抱いた理由さえわからない状態では、何を考えてもすべてが推論にしかならない。

そんな男の香りに、オレは欲情したのだ。あの夜のことを思い出して、勃起した。それを、よりにもよって佐加井に気づかれた。

何もなかったフリをする以外、オレに何ができただろうか。女のように甘えるには、プライドが邪魔した。何より、あの佐加井が嫌がったに違いない。

四か月経た今でも、オレは何をどうしたらいいか、わかっていなかった。

このままだったら、オレはまた同じことになってしまう。だから、佐加井ともう一度話をしにきた。すべてをはっきりさせるために。

「頭、イテ」

強烈な情けなさが襲ってくる。

なんでオレがこんなことで、悩まなくてはならないのか。

諸悪の根源は、佐加井だ。

オレに何か理由があったのなら、その理由を知りたい。

そして勢いのままに家を飛び出し、西麻布の佐加井の店に来たのである。

が――いざ店の前まで訪れてみると、怖気《おじけ》づいてしまう。

佐加井に会って何を話そうというのか。考え出したら足が竦む。

「……オレは腐っても、クラブシックスのナンバーワンだ」

何食わぬ顔をして、店へ向かうと、オレよりも先に黒塗りのハイヤーが横づけされる。開いた後部座席から降りたのは、遠目にもわかる上質なスーツを着た男だった。

年の頃は四十代に入ったか否かぐらいだろうか。黒縁の眼鏡を掛け、前髪を七対三にきっちり分けているせいで、やけに堅苦しい感じはするものの、顔の造作は整っている。

真っ直ぐな鼻梁と切れ長の瞳に、覚えがある。どこで会ったのだろうかと考えている間に、トレンチコートを腕に抱えたその男性は、店のエントランスへ向かう。

「いらっしゃいませ」

この間と違うスタッフが、頭を下げる。

「失礼ですが、お一人でいらっしゃいますか?」

「そうだ」

憮然《ぶぜん》とした物言いから、高飛車な印象を受ける。おそらく人に命令するのに慣れている立場の人間なのだろう。

「どなたかのご紹介でいらっしゃいますでしょうか」

「そんなのはない」

「誠に申し訳ございませんが、当店は会員制になっておりまして、会員様とのご同伴やご紹介のない限り、お入りいただけないようになっております」

「無礼じゃないか」

むっとした男が手を上げかけるのとほぼ同時に、その手をさりげなくオレが摑む。

「お待たせしてすみません」

背後から、オレはその男性に声を掛ける。

「君は……?」

「こんばんは。先週はお世話になりました」

慣れたフリを装い、オレはスタッフに挨拶をする。相手はオレの顔を見て、困惑の表情を見せる。

「先週、黛社長のご紹介でお伺《うかが》いした、住野の連れで奥山といいます。彼は連れです」

「あの、お客さま……」

目の前の展開に動転しているのか、スタッフはオレと隣の男性の顔を交互に眺めている。

「大丈夫。オレが責任を持ちますから」

隙を見せた方が負け――これは佐加井に教わったノウハウだ。こちらが悠然と構え相手に安心感を与える。相手のことを知らなくても、知っているふりをする。そしてこちらのペースに巻き込むのだ。

「――失礼いたしました。中にご案内いたし……」

この勝負、オレの勝ち――と思ったところで、男性はオレの手を振り払った。

「あの……」

「いらぬお節介はやめてもらおう」

汚い物にでも触れたかのように、手をハンカチで拭う。

「私は佐加井俊宏《としひろ》。この店のオーナーである崇宏の兄だ」

眉を上げたその顔を見て、オレの中にあった疑問が一気に解消されていった。

奥の席に案内されてから、オレはまじまじと目の前に座った佐加井の兄である俊宏の顔を見つめた。口元は佐加井よりも広い。でも、似ている。

この男の言葉で、佐加井はホストになったはずだ。

「君は誰だ」

オレの視線に気づいたのか、不機嫌そうに俊宏が顔を上げた。目元は佐加井より、きついようだ。

「名前など聞いていない」

「奥山瑞樹です」

どうやら俊宏は気の長いタイプではないようだ。声は佐加井よりも低めで金属的な印象があり、早口だ。

「佐加井さんの、元仕事仲間です」

眼鏡を掛け直し、葉巻を取り出した。マッチで火を点けるのを見て、慌ててライターを用意するがふいと顔を逸らされる。

「ホストの癖に、葉巻の火のつけ方も知らんのか」

憮然とした様子で言い放たれる。

「――類は友を呼ぶ、だな。言葉遣いに下品さがにじみ出ている」

眉間に深い皺を寄せる。

明らかに見下した物言いに若干の違和感を覚えつつも、あえて気づかないふりをした。

「弟さんに、会いにいらしたんですか？」

「君には関係あるまい」

間髪入れない返答だ。

「まったくあのばかのせいで、なんで私がこんな場所に来る羽目になるのか」

「ばか……？」

俊宏はぶつぶつ文句を言いながら、忙《せわ》しない様子で葉巻を吹かす。

「ばかと言ったら崇宏に決まっている。まったく佐加井家の面汚《つら》しめ」

唾棄《だき》するような言い方に、ものすごく嫌な感覚を覚える。

「今の発言、どうかと思うんですけど。こんな場所とか……佐加井さんがホストを始められたのは、お兄さんにホストになれと言われたからだと聞いてます」

「だから、ばかだと言うんだ。君がどこまで話を知っているかはともかく、佐加井の家は古くは江戸時代から代々伝わる優秀な家系だ。父は企業の社長で、私もグループ企業の役員を務めている。当然、崇宏も同じことを求められ、この先一緒に、盛り立てていくべき存在だ。それを……高級ホストクラブなんて下品なものを営業するとは、嫌がらせにしか思えん」

「下品じゃないですよ」

オレは反論する。

「詳しいことは知りませんが、このお店は、単なるホストクラブじゃありません。政治家や一流企業の社長さんも贔屓にしてるって言うし、ただ酒を飲むだけじゃない、社交場にしたいと言ってました」

この間の佐加井の言葉が蘇る。

「なんだかんだ理由をつけたところで、しょせんは水商売だ」

しかしオレの説明は、俊宏の耳には一切入らないらしい。

「君にわかるか？　二年近く前に突然家を出て行き、一切消息が知れなかったと思ったら、会社のクライアントから、突然に弟の話を聞かされる。それも、ホストクラブなんていう店を経営しているという話をされる恥ずかしさを」

俊宏の頬が真っ赤になる。

気持ちを落ち着かせようとでもしたのか、手元にあるコップに入った水を、一気に飲み干す。

「大体ホストにでもなればいいと言った私の話も、本気ではないことなどわかっていたはずだ。それをまるで腹いせのように、会社にもホストになると言ってやめたという。あまりの愚かさに、声も出なかった」

苛々した様子で葉巻をいったん灰皿に戻すが、すぐに銜える。

組んだ膝が揺れ、小刻みに貧乏揺すりをしている。

「二年前に佐加井さんが家を出た際、探したりしなかったんですか？」

「なぜ私がそんなことをする必要がある？」

思い切り不快そうだ。

「理由はどうであれ、自分の意思で家を出た。あいつも子どもじゃない。のたれ死のうがどうなろうが、私には関係ない」

俊宏の言葉に、胸が苦しくなる。

オレの家族の話をしたときの佐加井の台詞を忘れてはいない。

連絡をするか否か相談したら、佐加井は言った。

『貴方が心配するのと同じで、家族も心配しています。ずっと探していたはずです。会いたいと思える家族がいることは幸せです』

その言葉があったから、オレは連絡を取った。あのときのことは、今でも忘れられない。母と弟は、電話口で大泣きした。血の繋がりのない父も、絶句していた。

『ずっと探していた』

息を潜めたその言葉だけで、どれだけ自分が彼らに心配をかけていたのか、思い知らされたのだ。

ホストになった話もした。

それについては、何も言わなかった。オレが生きているなら、それで十分だと言ってくれた。

佐加井はあのとき、どんな気持ちでオレの話を聞いていたのだろう。

自分のことだけで精いっぱいで、佐加井の気持ちなど、考えもしなかった。推《お》し量《はか》ることなど、オレにはできなかった。

膝の上で拳を握る。

血の繋がった兄弟で、どうしてこんな風に言えるのか。

「関係ないと言いながら、なんで今、ここにいるんですか」

どうしても黙っていられない。

「なんだかんだ言いながら、心配していたんじゃないんですか？　佐加井さんの行方《ゆくえ》を気にしていて、でもご自分の発言の手前探すこともできずにいた。今回のことをきっかけにして、会いにいらしたんじゃないんですか？」

「冗談じゃない」

思い切り俊宏は表情を歪める。

「正直、私は崇宏がいなくなって清々《せいせい》しているんだ。それなのに、なぜ心配なぞしなくてはならない？　考えるだけでぞっとする」

照れ隠しでなく、虚勢を張っているわけでもない。思い切り顰められた眉が、今の言葉が本心であることを物語っている。本気で、佐加井のことを疎《うと》んでいる。

「――だったら、今日この店に来たのは、なぜなんですか」

心臓がぎしぎし軋む。

「私たちの顔に泥を塗るようなことはしないでくれと、釘を刺しに来ただけのこと」

「釘……？」

「家の力を盾に客を呼ぼうとされても、迷惑なだけだ。政財界の人間が足繁く通っていると聞くが、あいつごときに彼らを呼びよせる力もあるまい。どうせうちの名前を利用しているに決まっている。あいつがどこで何をしようと勝手だが………」

俊宏は最後まで言うことができなかった。理由は——。

「な、にをするんだ！」

眼鏡を外す俊宏の前髪から、ポタリと水が滴り落ちる。

オレは手元にあったコップの水を、目の前の男にぶちまけていた。

「それはこっちの台詞だ、ばーか」

目を白黒させる相手に向かって、思い切り言う。

「な……っ」

「ふざけんのもいい加減にしろ。世の中、全部自分の物差しで計れるなんて、思ってんじゃねえよ！」

勢いよく立ったせいで、椅子の足がフロアに擦れて派手な音がする。周囲の視線が向けられるのがわかった。でも気にしていられない。

「佐加井さんがどんな人間か、兄貴のくせに、てめえ、知らないのか？　あの人は真剣にこの仕事をやってんだ」

「貴様ごとき下品な男が、あいつの何を知ってる？」

「佐加井っていうホストがどれだけすごい奴なのかを知ってるよ」

早口に捲し立てる。

「あの男は、すごいんだ。オレだって、表の部分しか知らねえ。でも、裏ではオレなんか計り知れない努力をしてる。歌舞伎町のホストから始めて、自分の力でのし上がって客の信頼を得て、今の地位を摑んだ。政財界のお偉いさんがこの店を利用してんのは、名前とかそんなのは関係ねえんだよ！」

それを頭ごなしに否定する、それも同じ血を分けた兄弟が。それがどうしても納得できない。

「そうか——君もあの男に、落とされたのか？」

冷ややかな言葉が投げられてオレははっとする。

「考えてみれば、崇宏は昔から頭がよく要領のいい男だった。年配の女性のみならず、男性相手にも評判が高かったようだ。あいつの母親は、赤坂のクラブの女だったし、しょせん、血は争えないということか」

瞬間、頭に血が上る。

テーブルに手を突いて飛び越えると、そこに座る男の襟元に手を伸ばす。

「何をする……っ」

「あんたの言う通り、オレは佐加井さんに惚れてるよ。あの人のすごさに憧れてるし、目標に

している。でも佐加井さんは違う。オレが勝手に入れ込んでるだけで、あの人は……」

込み上げてくるもののせいで、言葉に詰まる。

「やはりそうじゃないか。まったく汚らわしい。そんな手で触らないでくれ」

オレの手を振り払うその仕種に、堪忍袋の緒が切れる。

「あんた、顔形は佐加井さんと似てるけど、腹ん中は、まったくの別人だな」

腹の底から煮えくりかえるような感情が溢れてくる。

悔しくて悔しくてしょうがない。オレの方があの人のことを知っている。オレの方がずっと愛している。それなのに……。

「体裁を繕うようなあんたみたいな奴には、そんな顔は似合わねえ。だから、違う顔にしてやるよ」

「何をする。警察を呼ぶぞっ」

「呼べよ。それまでの間に、てめえの顔、何回殴れるか、試してやるよ」

必死な形相で呻く男の頬目がけて腕を振り上げる。しかしその腕は男の頬を捕らえることなく、高い位置で停止する。

「――佐加井さん……」

振り返ったオレの目に、この店のオーナーの顔があった。

眉尻を下げ、困ったような表情を見せた佐加井は、オレの顔を見つめて、それでも穏やかな笑みを浮かべる。その表情に、全身の力が抜けると同時に、頭の芯が冷えてくる。

「オレ……」

冷静さを取り戻した瞬間、背筋が冷たくなる。

兄の襟元にあるオレの手を解き、兄の手から葉巻を奪って灰皿に戻した。

「大丈夫ですか？」

佐加井は兄に向き直る。

二人が並ぶと思ったよりも似ていない。

佐加井の方が柔らかな線で出来ていながら、硬質なイメージを漂わせている。

「だ、いじょうぶなわけ、ないだろう」

乱れたネクタイを直し、背広の皺を両手で払う。

「——まったく、さすがはお前の店だな。オーナーがオーナーなら客も客だ。まったく失礼極まりない」

「そんなことをおっしゃってよろしいのですか？」

佐加井は兄の言葉にも怯むことなく、静かに言い放つ。

「兄さんの耳にこの店の情報を入れた方は、足繁く通ってくださっているお客さまの一人ですよ」

「な……っ」

「他にも、兄さんのよくご存知の方々は、数多くおいでになりますが、お一人ずつお名前を挙げましょうか?」

佐加井の言葉に、俊宏の顔色が変わる。

「え、偉そうなことを言ったところで、結局は父親の七光りを使っただけじゃないのか!」

「その件については、父さんに聞いていただければよくわかると思います」

佐加井はまるで表情を変えずに続ける。

「やっぱり、そうじゃないか」

「違います。店を出す話をした際、金銭的な援助は一切しないと言われました。また、その他の場面で何かあろうとも、家とは一切関係ないと言われています」

佐加井は僅かに瞼を伏せる。だがすぐにまた顔を兄に向ける。

「ですから、兄さんの思惑とはまるで異なります。この店においでくださるお客さまは、父さんのことは関係なしに、遊びにいらしてくださっています。せっかくですけれど、ご心配には及びません」

毅然《きぜん》とした弟の言葉に、俊宏の形相が変わっていく。わなわなと震え、頬を真っ赤にする。

己の過ちに気づいたのだろう。

「――帰る。不愉快だ」

「その方がよろしいかと思います」

佐加井はにっこり笑顔を見せ、出口を示す。

「次においでになられるときは、ぜひお客さまとしていらしてください。その際には、精いっぱいおもてなしさせて頂きますので」

俊宏はその言葉に何か言いたげに唇を震わせる。だが結局は何も言わず、ふいと顔を逸らして肩を怒らせて帰っていく。

彼の背中が見えなくなるのを確認し、フロアがざわつく。それに気づき、佐加井は周囲に目を向ける。

「大変に失礼いたしました。お詫びに皆様にオーナーである私より、シャンパンをサービスさせて頂きます。どうぞごゆっくりお過ごしください」

よく通る声での挨拶に、またフロアは落ち着きを取り戻す。

人々の視線が感じられなくなり、そこは穏やかなクラシックと煙草、そしてブランデーの甘い香りが混ざり合った空間に戻っていく。

ただ、呆然と立ち尽くすオレを取り残して。

佐加井がゆっくりとオレを振り返る。

冷静さを取り戻した瞬間、羞恥が全身を駆け抜けていく。

「ごめん……佐加井さん。オレ……」

開きかけたオレの口に、佐加井の指が伸びてくる。

「話は裏で聞きますので、いらしてください」

オレを見つめる佐加井は笑っていない。

眉を顰め、何かを堪えるようなその表情に、心臓を鷲掴みされたような感覚が生まれる。

怒っている――。

オレは店で暴れかけた挙げ句、佐加井の兄を殴ろうとしたのだ。

オレにはオレなりに理由はある。

だがすべては言い訳にしかならない。

オレは死刑執行をされる受刑者の気分で、佐加井の後をついていくしかなかった。

9

オレはフロアを横切った先のエントランス近くにある「STAFF　ONLY」と書かれた扉の中にある控え室へ連れて行かれた。

佐加井のオフィスを兼ねているのだろう。

手前にはフロアにあるのと同様のリビングセットが置かれ、壁側にはファイルの入った棚と、サイドボードが置かれていた。

奥にはデスクが置かれ、その上には山になった書類が堆《うずたか》く積まれていた。

「どうぞお座りください」

佐加井はオレを促すと、サイドボードの中からウィスキーとグラスを二つ用意してから佐加井もソファに腰を下ろす。

「氷がないので申し訳ありませんが……」

佐加井は新しく開けたボトルから、ウィスキーをグラスに直接注ぐ。トクトクと小気味いい音を立てながら、グラスに琥珀《こはく》色の液体が満ちていく。

それを見つめながら、現実がゆっくりとオレの上に落ちてくる。佐加井は怒っている。佐加井の店で、それも佐加井の兄に乱暴しようとしたのだ。

呆れられて、怒られて当然だ。

いたたまれない気持ちで、オレは膝に手をやって頭を下げた。

「すいませんでした」

その瞬間、佐加井の動きが止まる。

「佐加井さんの兄さんなのに、オレ……頭に血が上っちゃって……」

どうしようもないほどに舌が渇く。

「最初のうちは堪えようと思ってたんです。でも、お兄さんの話聞いてたら、どうしても堪えられなくて……」

「何を聞きましたか、兄から」

佐加井がこちらを振り返るのがわかる。でもオレはその顔を確認できなかった。

「……あの」

「貴方の口からでは言いにくいかもしれませんから、私からお話しましょう。家の面汚し、でしょうか」

ドキンと心臓が鼓動する。

「それから——母のことを聞いたのでしょうか?」

「——すいません」

謝ることしかできない。

「佐加井さんの知られたい過去ではなかったはずなのに、オレは土足でプライベートに踏み込んでしまいました。それで、勝手に頭にきて、佐加井さんのお兄さんに殴りかかって……」

「そう、あれでも兄なんです。血のつながりは半分ですが」

項垂れるオレの頭の上を、冷ややかな声が通り過ぎていく。

「佐加井さん……」

「奥山くんが頭を下げる必要は、どこにもありません。貴方が殴っていなければ、おそらく私が殴っていましたから」

その言葉でオレは顔を上げる。佐加井はオレの顔を見て穏やかな笑みを浮かべる。

「貴方は自分のことで何を言われても切れないのに、私のことになると、どうも気が短くなるようですね」

前回は、高橋のときだ。オレが切れかかったのを、やはり佐加井に止められた。あのときから、進歩がないのだ。

「隠していたわけではありませんが、貴方と同じで、私の母も夜の女でした。そしてある日私を父親に押しつけ、姿を消しました。以来、一度も顔を見たことはありません」

淡々と語られる言葉に、オレは目を見開く。

「いいんですか、聞いて」

「聞いてもらいたいんですよ、貴方に」

佐加井は優しく微笑む。その笑みの理由がわからなくて、いたたまれない気持ちになる。でも、好奇心は捨てられず、そっと尋ねる。

「写真はないんですか?」

「ありません」

佐加井は一言、そう言う。

「おかげさまで義母――つまり兄の母ですが、彼女がいい人だったので、兄と一緒に育ててくれることになりました。ですが、兄はそれが気にくわなかったようです。それは当然ですよね。父が浮気して作った子どもですし、私は母によく似ていたそうですから」

自虐的な笑みを見せる。

「父も形だけ私を引き取ったものの、本妻に対しての引け目もあって、必要以上に私に愛情を注ぐことはありませんでした」

「そんな……」

「それでも私は育ててもらえるだけで十分だと思っていました。兄が何かにつけて私に対し突っかかってくるようになっても、やむを得ないと思いました。だから極力兄の気に障《さわ》らないようにしてきたつもりなんですが、それでも駄目だったようです。とうとう二年前に、近くにいると目障りだから、どこかに行けと言われました。そして私のような男には、水商売が似合っているのでホストでもやればいいと言うもので、そのまま従ってみたわけです」

「な、んだよ、それ……」

　俊宏にも言われたが、どうしても納得いかない。

「正直、私は私で退屈していましたし、成人した以上、家を出るつもりでもいました。ならば兄の言う通り、水商売で生計を立てられるものか試してみることにしました。そして、どうせならば、トップを目指そうと思ったわけです。私にしてみたら、会社で働くのもホストクラブで働くのも大差ありませんでした。人間にはパターンがありますし、それを考えれば難しいことではありません」

　そして実際、トップに上り詰めた。

「しかしそうなったらそうなったで気にくわないのでしょう。まったく狭量《きょうりょう》な男で困ります。正直なところ、あの男が何を言おうとも、私は気にしていませんでした。言いたいだけ言わせておけばいいと思っていました。正直、期待もしなければ、落胆もしませんので。ですが——あの男は許せないことを言った。ですから、貴方があの男の襟元を掴んでくださったときには、自分でも驚くほど、正直、胸がすかっとしました」

　佐加井は満面の笑みを見せる。

「許せないことって何を……」

「貴方のことを侮辱しました」

　はっきりと言い切る。

「オレ……？」

「すみません。困らせるつもりなどありません」

オレの表情を見て、すぐに佐加井はフォローを入れてくる。

「これは私の勝手な感情です。ですから、貴方が謝る必要性はどこにもありません。それに何より——貴方は私の名誉を守ってくださろうとした。それだけで、私は満足なんです」

オレを見る瞳の熱さに、落ち着かない気持ちにさせられる。

あのとき、オレがぶち切れたのは、佐加井のことをばかにされたときだった。

「この間のことがあって、貴方が店に来ることはもう二度とないだろうと思っていました。それなのに、店に来てくれた。おまけに、私の代わりに、私のために怒ってくださった。正義感の塊《かたまり》の貴方ゆえ、特別な理由はなくても、それでも私は嬉しかったんです」

佐加井の言葉の意味がわからず、オレはじっと目の前の男を見つめる。

「私は幼い頃から、他人に対して期待するという気持ちがありませんでした。それは今お話ししたように、家族との関わりが大きいと思います。自分のために何かをすることもなければ、他人のために何かをすることもない。ただ、生きている。それだけの人生を送っていました」

佐加井は笑う。その微笑み方に、心臓が軋む。

「感情の大きな波のない日々を送っていたとき、貴方に会いました。派手な外見をしていながら、その外見を裏切るピュアな心の持ち主で、初対面で私になんの躊躇もなしに聞いてきましたよね。なぜ私がこんな場所にいるのか、と。そのとき私は初めて、自分がなぜこの場所にいるのかを自分自身にも問いました。なぜなのか、と。そしてホストだから、という言葉を見つけました」

少しだけ嬉しそうな表情に、胸が痛む。

「兄に言われたからではなく、自分の意思であのとき自分の道を選びました。貴方を育ててみようと思ったのは、以前話したように、貴方をナンバーワンにしようというオーナーの言葉があったからです。ですが、一緒に過ごし、表情や感情豊かな貴方の姿を見ているうちに、自分自身が変わっていくような気持ちになりました」

「佐加井さんが、変わる？」

「そうです。少しずつ、私のしたことで、貴方がどんな反応を示すのかが楽しかった。そんな風な私に対し、貴方は真っ直ぐに私だけを見つめている。そして――貴方が私のことで高橋さんたちを殴ろうとした姿を目にしたとき、私ははっとしました。私も貴方と同じで、貴方を傷つけようとする彼らの姿に、これまでにないほど感情が高ぶったのです」

うるさいほどに、心臓が高鳴り出す。

佐加井は、何を言おうとしているのか。オレに何を訴えようとしているのか。

「あれから貴方は、私にとって――大切な存在になりました」

全身の毛が総毛立つ。

そんなの、知らない。佐加井がそんな気持ちを抱いていたことなど、気づいていなかった。佐加井はそんな素振りを見せなかった。

「なんで……なんでそんな顔をするんだよ」

堪えられずに怒鳴る。

「そんな顔、とは……」

「あんたはオレを置いていった立場だろう？　それなのに、どうしてオレが、あんたを捨てたような気持ちになるんだよ」

「私が、貴方を置いていった？」

佐加井は首を傾げる。

「そうだろう？　オレの誕生日の前日、あんたは店を辞めた。それだけじゃない。知らないうちに家を出て行った。オレのことを、置いていったじゃないか」

あのときのことは思い出すだけで、胸が締めつけられるように苦しくなる。

洗面所に残されたコロンを見つけたとき、鏡にぶつけて割った。部屋に充満する香りに、オレは涙が流れてきた。

佐加井の香りだけあっても意味がない。佐加井がいなくては意味がなかった。

だからあのとき以来、オレはあの香りが嫌いになったのだ。

「何が起きたのかまるで理解できなかった。ただひとつわかることは、あんたがいないことだけ。オレは置いていかれた——それだけだ」

　オレは込み上げるものを我慢して、佐加井の顔をもう一度見つめる。

「あのときからずっと、オレは前に進めずにいる。何があったのか、なんであんたがオレの前からいなくなったのか、ずっとその理由を知りたかった。今日店に来たのも、そのためだ」

　全身が震える。

「置いていったのは、貴方じゃないですか」

「いつ、オレが」

「忘れようと、言いました」

　どきんと心臓が大きく鼓動する。

　それは、オレがあの日、佐加井に告げた言葉だ。

「いくら私でも、短い時間でも、失恋した相手と一つ屋根の下で暮らす度胸も、幸せを見届けるだけの寛容さもありませんでしたから」

　自虐的に佐加井は笑う。

「——それって」

　佐加井の言葉の意味がわからず、目を丸くする。

「由紀さん、綺麗になられましたよね」

「あ、ああ……そう、かな。今度結婚するし」

混乱したまま、オレは質問に答える。

「結婚、されるんですか？」

僅かに佐加井の眉が動く。

「うん、アメリカへ行くんだ」

「——そう、ですか」

佐加井の声がさらに沈む。

「ではその前に、日本での心残りは解消しておきたかったと、そういうことですか」

「そうらしい」

頷いてから、オレは微妙なずれを覚える。

「ちょっと待ってくれ。あんた、なんか勘違いしていないか？」

「何がです？　由紀さんと結婚されて、アメリカへ行くんでしょう？」

「違う」

「何が違うんですか」

佐加井の口調が荒くなる。

「由紀さんは結婚する。でも、相手はオレじゃない」

「嘘を言わないでください」

「嘘じゃねえよ。オレは由紀さんと結婚なんかしない」

「でも、由紀さんのマンションに暮らしているんでしょう？」

「由紀さんが以前仕事で使っていたマンションだ。一緒に暮らしてるわけじゃねえよ。そのことは、あんときにも言ったじゃねえか。由紀さんのことは好きだけどなんか違うって……」

「でも男と女はどこでどうなるかわかりませんから」

拗《す》ねた口調に頭を抱える。

一体どこから話が行き違っているのか。オレは訳がわからなくなってきた。

「それより、確認させてくれよ。あんたが失恋した相手って、オレのことなのか？」

どさくさ紛れに尋ねると、佐加井はなんの躊躇もなしに頷いた。それを見て、顔が熱くなる。

佐加井が、オレに失恋——ということは失恋するまでの過程があったということだ。

「——って、いつオレがあんたを置いていったんだよ」

「あの夜です」

「夜？」

「私はあの日、店を辞めた話と一緒に、貴方を連れて行くつもりだと言うつもりでした。でも貴方はあの夜のことを忘れると言う。さらに由紀さんのマンションへ越すと言う。つまりは、私のことは好きではないという意味で……」

オレは絶句する。

「そんなバカな話ってあるかよ」

「貴方にはバカな話でも、私には……」

「だから……」

頭の中がぐちゃぐちゃになる。

なんだか上手く説明できない。

佐加井は、オレのことが好きだった。

オレも佐加井のことを好きだった。

でもお互いに、なんでか知らないが、互いのことを好きではないと思いこんでいた——そういうことなのか？

「あんた、オレのこと、好きだったのか？」

佐加井に確認する。

「——嫌いだったら、抱けません」

「でも、客に惚れたことはないって」

「貴方は客ではありません」

「男に好きだと言われたことはないって……」

「男に好きだと言おうと思っていたことはあります」

何がなんだかわからなくなる。

「だったら、なんでオレのこと、好きだって言わないんだよ！　そんな遠回しなことされても、オレ、バカだからわかんねえよ」

「遠回しでなく、言ってます。何度も」

そう言われてもわからない。

「一体、いつ、どこで！」

「高橋さんや井口くんにトイレで襲われたとき、今日と同じで、私のことで怒ってくださいましたよね？　あのときに、自惚れてもいいのですか、と」

言われたのは覚えている。だが。

「わかるか、そんなの！」

「それだけじゃありません。貴方とセックスするとき、私に真剣に誰かのことを、好きになったことがあるかと聞いてきたのを覚えていますか？」

「ああ」

「そのとき、知りたいですか？　と聞いたあとで、セックスになだれ込んでいる。答えは貴方以外に、誰がいると思うんですか？」

「――――だから、そんなんじゃ、オレ、頭悪いから、わかんねえんだよ！」

もどかしさに焦れて、オレは体を乗り出して佐加井のネクタイを引っ張ると、そのまま ぐいと引き寄せる。

「……っ」

驚きに声を上げようと開いた唇に、噛みつくようなキスをする。

ウィスキーの濃厚な香りのする舌を自分から絡ませ、上顎を探ると、すぐに唇を離す。

「オレはオレで、あんたの気持ちがわかんなかった。だからあれはただオレを慰めるためだけのことだ。そう思って、忘れようと思ったんだ」

濡れた唇を手の甲でざっと拭う。

「――そう、だったんですか?」

「そうだよ!」

でも忘れられなかった。

「大体あんときナンバーワンがどうとか、不夜城がどうとかって話もしてたじゃねえか。だから、そういう教育の一つとして、男の抱き方も教えてくれたってことなのかとか、余計なことを考えちまって」

「あのときにはもう、西麻布の店を出すことが決まっていました。もし貴方が頷いてくれるのなら、一緒に店に連れて行こうと思っていたんです。でも……貴方は忘れると言った。おまけに誕生日プレゼントには、使い古したコロンなんかが欲しいと言う。つまり私は使い古しという意味かと解釈しました」

「違う!」

オレは慌てて否定する。何をどうしたらそんな発想になるのか。

「あんたの使ってるコロンを自分でも使えば、あんたがいつもそばにいるような感じがするかもって、それだけのことで……」

「――私がいつもそばに？」

オレの言葉に、佐加井は首を傾げる。

気の利く男のくせに、なんでこんなときだけ鈍感なのか。

「あー、なんでくそ寒い台詞をいくつでも吐けるくせに、オレの言うことはわかんねえんだよ！」

オレは邪魔なテーブルを跨ぎ、佐加井の前に立った。

「何度も言ってるけど、オレは頭が悪くて遠回しなことをされてもわかんねえ。遠回しなこともできねえ。同じ匂いを纏いたいって言えば、そういう意味に決まってるだろう？」

佐加井の肩に腕を回し、自分から抱きつく。

「奥山くん」

「オレは頭悪いから、自分の気持ちもよくわかってねえ。でも、あんたの匂いがずっと忘れられなかったのは嘘じゃねえ。あんたの使ってるコロンの匂いを嗅いだだけで、頭ん中がそれだけになっちまう。それはあんたも、知ってるはずだ」

あの匂いしか欲しくなくて、結局今日まで、自分でコロンを買わなかった。

「――なあ。頼む。オレにもわかるように、今のあんたの気持ちを教えてくれ」

触れ合った胸から、互いの心臓の音が聞こえてくる。全速力で走ったかのように速い佐加井の鼓動が、オレの鼓動と追いかけっこをしている。

「そうしたら、オレもあんたに自分の気持ちを言うから」

ずっとずっと胸の中にあった。

ただそれを認めることに躊躇した。

こんな風に誰かに執着したことがなかったから。こんな風に、誰かのことだけを考えたことがなかったから――認めてしまったら、自分が自分でなくなってしまうような気持ちになった。

でも認めなくても同じだった。

オレの頭の中も心の中も、佐加井のことで一杯になっていたのだ。足りないのは体だけだ。

「――いいんですか？」

佐加井の声が低くなる。

「私はあの兄と同じ血が流れていて、決して寛容な男ではありません。一度手に入れてしまったら二度と離すことはできなくなります」

ある意味強烈な告白だ。

「そこまで思ってもらえたら、本望だ」

オレが返事するのと同時にキスをする。

互いの体を強く抱き締め合い、佐加井はそのままオレをソファの上に引き倒す。

オレの体を下に敷いて、改めて口づけを交わしながら体に手を伸ばしてくる。優しさはない。忙しない様子で上着のボタンを外され、シャツをズボンから引きずり出される。

冷たい指が肌に触れた瞬間、体が震え上がる。

「大丈夫ですか?」

「聞くなよ、いちいち」

顔を覗かれると、どうしようもない恥ずかしさが込み上げてくる。

キスだけで下肢は熱くなり、呼吸も荒い。大丈夫だろうと大丈夫でなかろうと、このまま終わりにはできない。

濃厚な佐加井の匂いがオレを包み込んで、逃れられないようにしている。

「大体、嫌だってオレがここで言ったら、途中でやめるのか?」

精いっぱいの虚勢を張って挑発すると、佐加井は少しだけ驚いた様子でオレの顔を眺め、すぐに苦笑を漏らす。

「さすがはクラブシックスのナンバーワンですね。相手をその気にさせるのが上手です」

「何しろ、オレには優秀な先生がいたからな」

にやりと笑いで返す。

でも、余裕があるのはここまでだ。

佐加井の手がベルトに伸び、それを外すとズボンの前を開き、服の中に潜り込んでくる。軽く腰を浮かし、膝までズボンを下ろすのに協力する。

恥ずかしさはこの際、忘れることにする。そんなことよりも早く、オレも佐加井に触れたいのだ。

自分から佐加井の服に手を伸ばし、同じようにベルトを外しにかかる。だが布越しに、佐加井の熱を感じるだけで、自分自身が煽られてしまう。

「……っ」

「余計なことなどせず、大人しくやられていなさい」

にっこり笑い、淫らなことを言う。この男の言葉に、オレは参っている。

舌を痺れるほどに吸われ、口の中には唾液が溜まっていく。

それなのに口の中が渇いているように感じて、必死に佐加井に縋《すが》りつく。

重なり合った下肢の間で、オレのものが佐加井の腰に擦れる。強く上から押しつけられるようにされると、それだけで、声が溢れてくる。ずっと待っていたんだ。我慢できるわけがない。

「ん……っ」

「すみません……」

苦しさに逸らす喉に、佐加井が吸いついてくる。

喉仏を嘗められ、鎖骨に移動したかと思うと、そこに歯を立てられた。熱い息と歯が肉に突き刺さる刺激で、強烈な快感を生む。

「ああ……っ」

「余裕……が、ありません」

苦しげに呻いた佐加井は、オレの体を反転させる。そして、腰を抱えられ、柔らかい双丘《そうきゅう》に口を寄せられた。

「ん……っ」

伸びてきた舌が、熱い場所に触れる。尖らせたそれが、閉ざされた部分を開くように突いてくる。もぞもぞとした違和感と、その裏に潜む曖昧な快感がゆっくりと目を覚ますのがわかる。

佐加井以外の男とはセックスしていない。それゆえ、快感は覚えていても、体は硬い。だからといって、余裕はない。

「ああ……っ」

もどかしさに、声も掠れる。

濡らされてもすぐには開かず、ただ熱だけが篭《こも》っていく。

たっぷり濡らされると、指が忍び込んでくる。

「――っ」

「きつい、ですね……」

不意に指の角度が変わって、腰が弾む。

「相変わらず、感じやすい体ですね……」

首筋に息が吹きかかって、前がどくんと疼く。

「や……っ」

「私以外の人間が触れていると思うだけで、嫉妬に燃えさかりそうになります」

「嫉妬って……あんた、が……？」

予想もしなかった発言に、咄嗟に体を捻って振り返ろうとした。が、そのせいで、中にあった佐加井の指が奥に入ってくる。

硬い爪の先が柔らかい内壁を抉《えぐ》り、脳天まで突き抜けるような強烈な刺激を生んだ。

「んん……っ」

触れた部分から疼くような感じがする。

「私は嫉妬深いんです。由紀さんのことでも、わかるでしょう？」

さらに指がぐるっと回されて、熱さが広がっていく。こんな風にされると自分の体がどれだけいやらしいかを実感させられる。

「佐、加……っ」

「由紀さんだけじゃない。店で貴方にサービスをされるすべての女性たちが羨ましくて、妬《ねた》ましかった……私の教え通り、女性たちに微笑むのが、どれだけ悔しかったか……」

「そ、んな……、指、や……っ」

嫉妬していたのはオレも同じだ。

　佐加井が、どんな風に女を抱くか、どんな風にキスをするのか、想像しなかったことはない。

「何が嫌なんですか？　私は優しい男ではありませんから、貴方がして欲しいことを言わなければ、ずっとこのままですよ」

「や……っ」

　意趣《いしゅ》返しとばかりに、前を握られる。脈打ちが強くなり、頭にまで響いてくるようだ。その甘さ欲しさに自分から腰を揺らしてしまう。

「後ろを弄られたぐらいで前をこんなに硬くして。本当に貴方を放っておいたらどんなことになるか」

　ため息混じりに文句を言われる。そんなこと言われても、オレの知ったことじゃない。そこは、佐加井以外の誰にも触れられることはないのだから。

「――佐、加井……さ、んっ」

「なんですか？」

　涼しげな顔をしていても、腰に当たる佐加井は熱く硬い。オレは自分から、佐加井のものを擦りつける。

「……っ」

「あんただって、人のこと言えないだろう？」

　なけなしのプライドで、佐加井を煽ってみせる。声は震え、下半身を剝《む》き出しの状態では、まるで格好はつかない。それでもオレは、佐加井がオレの気持ちを知りたいのと同じで、佐加井の気持ちが知りたかった。

オレが言うのではなく、佐加井が何をしたいのか。

下半身から込み上げる快感を堪え、渇く唇を舌で嘗め上げる。佐加井から見えるように、思い切り思わせぶりに、上から下まで、たっぷりと。

「教えろよ。オレにどうしたいのか言う前に、あんたが何をしたいのか」

佐加井の唇に指を伸ばす。熱が、伝わってくる。

「そうしたら、オレもあんたに何をしてもらいたいか、言ってやるから」

「……瑞樹」

佐加井はそっとオレの名前を呼ぶ。

甘いテノールの囁きに、背筋に電流のようなものが走り抜けていく。

「あ……っ」

「ここに、私のものを突き立てたい」

佐加井は指を出し入れする。それだけで、そこがひくついてしまう。

「そして二人で高みに上り詰め……どろどろに溶け合いたい」

これまでにない熱い囁きに、体が疼いてくる。

「今度は、貴方の番です」

佐加井は前を愛撫しながら要求してくる。

「……オレも、同じ……っ」

「それでは駄目です」

熱いものが、そこに突き立てられる。しかし、先端が潜《もぐ》ったところで動きが止まる。

「ああ……っ」

もどかしさに、声が上擦《うわず》ってしまう。

はっきりと佐加井の熱がそこにある。それなのに先に進まない。

「貴方がはっきり言ってくれないかぎり、このままになりますよ」

もどかしいほどそこを行ったり来たりする刺激に、頭がおかしくなりそうだった。

こんなことなら、先にオレが言ったあとで、佐加井に言わせるべきだったかもしれない。

「欲しいんだよっ」

激しい羞恥を堪え、オレは訴える。

「あんたのモノが欲しい……オレの中に……入れてくれ」

「──望みのままに」

これまでに見たことがないほど幸せな笑顔を見せた佐加井は、ぐっと腰を押し入れてくる。

「ん──っ」

かつての記憶とは比べ物にならないぐらいに、佐加井は熱い。まだ完全に解れていない場所を押し開きながら、ずるずると中へ進む。

「佐、加……井……さんっ」

「熱い、です、瑞樹の中は」

「熱いの、は、あんた、の方、だ……っ」

穿たれた場所から生まれた熱が、繋がった場所から広がっていく。頭から足から背中から腹まで……体のすべての場所に、佐加井の熱が広がっていく。

快感だけではないもっと暖かい感覚が、オレを満たしていく。

「瑞樹、瑞樹」

名前を呼ばれるたび、胸が熱くなる。

体だけではなく、心ごと抱かれているような気持ちになる。

「愛しています……」

囁きのあと、佐加井のものがぐっと引き抜かれる。

「や……っ」

咄嗟に引き締めたところに、今度は一気に押し入ってくる。

「ひ、あ……っ」

「言ってください。貴方も……瑞樹」

腰を前後に揺すられた上に、前も扱かれている。何が何やらわからない。こんな状態で口を

開こうにも、出てくるのは喘ぎばかりだった。

「……ん、ああ……は……っ」

深くなる挿入《そうにゅう》とともに、痛みよりも快感が深くなる。

「瑞樹……」

顎に手をやられ、絶え絶えの息で名前を呼ばれる。オレは腹に力を入れ、促されるままに口を開く。

「……してる……」

「聞こえません」

しつこいまでにせがまれるのも、悪い気はしない。

オレはもう一度、ありったけの力を振り絞った。

「愛してる」

「私もです……」

改めてそれに同意した佐加井は、強引にオレの首の後ろに腕を回して顔を引き寄せる。そして唇に自分の唇を押しつけると、一際激しく腰を突き上げてきた。

その瞬間、オレの意識は遥か遠くに放り投げられ、体には凄まじいまでの感覚が襲ってくる。

「あああ……っ」

体中が濁流に呑み込まれ、全身が弛緩する。

彼の想いのすべてが、オレの中に流れ込んでくるような気が――した。

体を離してもう一度、愛していると告げようと思う。

二度と離れないことを確認して、でも今は、少しだけ、オレを抱き締める温もりに浸っていたい。

エピローグ

「これで、終わりですね」

すっかり片づいた部屋を眺め、佐加井がオレに確認してくる。

「終わりじゃねえよ、始まりだろう?」

オレの言葉に、佐加井は目を丸くする。

「な、んだよ。なんか変なこと言ったか?」

「いいえ。あまりに嬉しいことを言うものですから、幸せな気持ちになっただけです」

「佐加井さん……」

「崇宏ですよ、瑞樹」

蕩けるような視線に、瞼を閉じる。

三か月と少し過ごした由紀のかつてのマンションから、オレは今日、引っ越しをする。向かう先は、佐加井のマンションだ。

もう一度オレたちは、一緒に暮らす。

由紀には、オレから話をした。

引っ越すことになった。佐加井と一緒に暮らす、と。

そうしたら、由紀は安心したような顔をしてくれた。

渡米する際には、空港まで見送りに行く予定だ。

式にも行くつもりだ。由紀の、男友達として。

クラブシックスは、辞めた。でもホストは辞めていない。

佐加井の店で、新人としてデビューする予定でいる。

そのためには、もう一度教育が必要らしいが、それが一緒に暮らす口実だということを、オレはよく知っている。

今度は二人で、不夜城を手に入れるつもりでいる。なんて、オレに何ができるとも思わないが、とりあえず一人でないことにほっとする。

「ちょっと待っていてください」

優しいキスの途中で、佐加井はどこかへ行ってしまう。

何もなくなった部屋に一人取り残されると、あの日、佐加井がオレの前から去った日を思い出して、胸が苦しくなる。

ただでさえ広い部屋が、途方もなく広く思えた。ぽっかりと胸に穴が空いたような感覚は、今でも思い出すだけで辛い。

でもオレだけがそんな想いを抱いていたわけではなかった。

遠回りしたこの時間が、無駄だったとは思わない。この時間があったからこそ、オレたちは互いを見つめ直すことができた。

ふと漂う香りに振り返ると、目の前にシンプルでスタイリッシュなボトルが差し出される。

「三か月遅れですが——」

オレの欲しいと言った、佐加井愛用のコロンだ。オレはそれを恐る恐る受け取り、軽く自分に振りかける。

その瞬間、無味乾燥だった部屋が、柔らかい日射しに包まれていくような気がした。

そしてオレは優しい笑顔を浮かべる男の胸に、自分から飛びついていった。

あとがき

久しぶりにホストの話を書かせて頂きました。

以前書いたお話がしっとり系（と、自分では思ってます）だったので、今回は派手に行こうと思っていたのですが、出来上がった作品を読み直すと「?」と首を傾げてしまいました。どうやら柔らかい雰囲気を持ちつつ押しの強い優しい攻（でもヘタレ）——というのが、私のツボのようです。さらにその攻に導かれ、さなぎが蝶になるが如く、一人前の男へ成長する受もツボだったようです。

ホストクラブ版、マイフェアレディ、となっていますでしょうか?

この先の彼らの生活はどうなるんでしょう?

オーナーの佐加井と、頑張る瑞樹の姿も、機会があれば書きたいと思っています。リクエスト、お待ちしています!

ホストクラブには一度だけ、足を運んだことがあります。

初心者ばかりで六人ぐらいでわいわい押しかけ、雰囲気を味わって終わるつもりが、なんとそこで当時のナンバーワンホストと喧嘩をしてしまいました。

理由は他愛もないことで、酔っぱらっていたものであまり覚えていないのですが……色々言い合いをした覚えがあります。

その後、一度テーブルを離れたナンバーワンに、テーブルにいたみんながアイスを奢ってもらいました。アフターの誘いも受けました（笑）。

あのときのことは友人諸氏の間では語り草になっています。

ちなみに残念ながら、ナンバーワンは佐加井とはまるでタイプのかけ離れた方でした。


挿絵をご担当くださいました、やまねあやの様。

まさに豪華絢爛かつ艶のある美麗なイラストを、ありがとうございました。元々は「やまねさんの描かれるホストを拝見したい！」という衝動からこの話は生まれたのですが、想像を遥かに超えた麗しさに、幸せな気持ちにさせて頂きました。

そして主役二人はもちろんのこと、女性たちがまたとても麗しかったです。

久しぶりにこうしてお仕事をご一緒できて、嬉しく、そして幸せに思っています。

大変にお忙しい中、本当にありがとうございました。

担当の早沢様。毎度のことながら、色々な場面でフォローしてくださいまして、ありがとうございました。心から感謝しております。また今後美味しい物を食べに行きましょうね。

そしてこの本をお手に取って下さった皆様へも、心からの感謝の気持ちを捧げます。ホストクラブへ足を踏み入れたような気持ちを、ほんの少しでも味わって頂けたら、と思っています。

また、どこかでお会いできますように。

平成十七年　梅雨入りしました　ふゆの仁子　拝

☆イイ男達にかしづかれて、お酒を楽しむ
魅惑のひととき… たまりません
私も倶楽部ダンディズムでちやほやされた〜い!
やまねあやの!

ダリア文庫をお買い上げいただきましてありがとうございます。
この本を読んでのご意見・ご感想・ファンレターをお待ちしております。

〈あて先〉
〒173-0021　東京都板橋区弥生町78-3
(株)フロンティアワークス　ダリア編集部
感想係、または「ふゆの仁子先生」「やまねあやの先生」係

❋初出一覧❋
不夜城のダンディズム………書き下ろし

不夜城のダンディズム

2005年7月20日　第一刷発行

著者　ふゆの仁子

発行者　藤井春彦

発行所　株式会社フロンティアワークス
〒173-0021　東京都板橋区弥生町78-3
営業　TEL 03-3972-0346　FAX 03-3972-0344
編集　TEL 03-3972-0333

印刷所　大日本印刷株式会社

DARIA BUNKO